紙版

小噺、季語に集う

〜出囃子は序の舞

うち、この国好きやねん

麦芽亭酵母 こと
わたみずひさお

麦芽亭小噺 〜第二弾

祭りの遠州、一年がここに始まる

遠州横須賀　三熊野神社大祭

まくらに代えて

初日の天城越え　元旦

春爛漫

芝居見物。折詰と扇子を両手に木戸を潜ればそれだけで胸躍りますねえ。食いしん坊は席に着くなり折を開け手毬寿司や幕の内を頬張る。幕見席には大向こうさんが陣取り、お筋書き片手に屋号と掛け時のチェックに余念がない。歌舞伎座はいつもそんな人間模様の開演前。着物姿の奥様方のおしゃべりが静まる頃合いを見計らったように狂言方が二つ柝を打つ。鳴り物に合わせ柝を刻み、照明が落とされて行く。役者衆、囃子方、裏方、大向うまで、いざ開演に向け心ひとつに結晶する。その気合に弾き出されて幕引きが走ります。万雷の拍手と早速の大向こう。

松嶋屋!!

一方、末廣亭では出囃子に乗り噺家が高座に上がる。至って簡素なのに期待感はハンパなく客席も明るい。「序の舞」は酵母憧れの人間国宝、笑える国宝の名実ともに第一人者、五代目柳家小さん師匠の出囃子。師匠が高座に上がる、座布団を当てるだけで寄席は笑いの渦。まくら要らず。はて、どんな噺でご機嫌窺いまひょ。

さて、時は移りまして本日の夜席。「ウサギ追いし かの山、コブナ釣りし かの川」、お馴染み『古里』。出囃子が聞こえ、腰をかがめながら麦芽亭酵母がお座布団に。嬉しいねえ、其処彼処から掛け声が飛ぶ。木久扇師匠の年季にはまだまだ大分間があり「大丈夫?」との温かい(?)声援が飛ぶには若輩者。中国語ではネンチンレン、年が軽い人と書きますが人間も軽い。で、やはり此処はお決まりの

イヨッ、酵母師匠、待ってました!!

えぇ、春爛漫、花見のお帰りに寄席に足をお運びくださいまして有難う存じます。今宵は、春夏秋冬折々に出会える故郷の身近な情景や年中行事を、微笑み和める小噺に仕立てまして、柄にもなく高い処、高座からご機嫌を伺いますが。大陸に別れを告げ、コロッと寝転んで澄ましているような小さな国、日本。ひ弱そうな痩せ型なのに縦に2800㎞と随分背高のっぽ。赤道から北極迄の緯度は僅か90度しかありませんでしょ? なのにその内の20度から45度まで、南は沖縄亜

熱帯、北は北海道亜寒帯にガードされた温帯所属の平和な国。じゃあ、年中春?! いえいえ、吾らが地球は首を傾げながら一日一善、きっちり一周回っている。それがまた絶妙な傾き加減の23度でして、太陽を一周する間に程良く日を長く、短くしてくれまして、北半球のいいとこ取りした日本の四季は際立って美しい。それに、名高い火山、温泉、水辺に森、四季の風、黒潮に親潮。多士済々な自然は勿論、日々の生活も季節に彩られる。有難いねえ、だからこそ先達が日本ならではの俳句の世界、季語と和の様式美を編み出された。それなら、川柳や小噺にだって四季の味があっていいんじゃないの? 師匠一念発起し、元旦から除夜の鐘までの春夏秋冬を『小噺、季語に集う』に仕立てようと。「人生即小噺」が座右の銘の自称師匠に俳句や伝統芸能の品格を望めはしませんが、清水の舞台に飛び乗る気構えで品良く(?)言葉を選んだ(つもり)そうでして。宴会芸でご披露頂くも良し。忘年会とは縁遠いご同輩には茶の間でひとりニコッと笑い、ホロっと涙している内に故郷の四季がしっぽりとあなたに寄り添い、気が付くとあなたがちゃっかり噺の主役に納まっている。「小噺、季語に集う」。そんな軽い噺ながら、ほんのりしたふるさと歳時記に。

目次

序幕　新年の寿ぎ　睦月

第一場　松の内

屠蘇に明け　お神酒で繋ぐ　松の内

新しい年の無病息災・長寿を願い恭しく杯を傾けるお屠蘇。邪気（蘇）を払い（屠）、生気を甦らせるという目出度い酒。屠蘇散という、各種薬草がたっぷり漬け込まれ如何にも身体に良さげなお神酒で、これぞ百薬の長。盃一杯、新年の習わし。一杯だけですよ。知り合いに一人だけ、お屠蘇に目がない者がおりますが、それでも一杯だけに。「目出度い酒じゃから」と、ちろりで注ぎつ注がれつ飲み干すもんじゃぁありません。屠蘇という名の神事と思し召せ。

ところで呑兵衛という輩はどうもいけません。年がら年中、盆も暮れもなし。目出たいはずの元旦に、明け六つの鐘を聞き損ね、日本の西の端の石垣島の皆さんでさえ、とうの昔に初日の出を拝んで柏手を打ち、ご先祖さん宅に初詣に出掛けたと云うのにねえ。大晦日に掛け取りから逃げ果せた自分へのご褒美に、まだ附けの効く三河屋で買うた一升瓶が寝間に転がっている。ついでに自分も転がっている寝正月。そんな八つぁんの長屋にも松の内はやって来る。松竹の門松は立たずとも、お餅を搗けずとも、「佳き辰年になりますように」と控えめながらも八百万の神様にお願いするのが庶民の習わし。八つぁん早う起きんかい。長屋住まいのお正月のために特に遣わされた有難い七福神さまが木戸のすぐそこら辺まで来ているさかいに。

初詣　恵比寿さんと　酌み交わし

大阪は日本とは何もかも違う。うどん汁は白湯と間違う程に淡白。湯気からはほんのりと昆布の香り。大阪弁も好きやねん。梅田駅に降りたとたんに真似しとうなりまっせ。松竹は藤山寛美、直美の天才親子。桂三枝、明石家さんま、皆挙ってよう喋りはるわなあ。中身はともかく、賑やかで飽きさせないのは吉本の下積み芸人とて同じ。鍛錬の賜物。この調子で、デパ地下では値切り交渉で口角泡を飛ばす。「お宅ん卵焼き甘いわぁ。関東風でっしゃろ。この辺じゃよぉ食べへん。うち買うたるさかい負けたってや!!」卵焼き一折だけのことでこうですさかい、総菜売り場で迷子が出るくらいにごった返すのも道理ですわな。そんな土地柄。算数は全部「円」を付けて勉強する。大人になれば浪速金融道。信じられるのは聖徳太子だけ。渋沢栄一 Who？お札の代名詞は永遠に聖徳太子でっしゃろ。船場や御堂筋界隈の交通事情は極端でっせ。毎月十五日と晦日は掛け売りの集金に回る車で大渋滞。付け馬・掛け取り泣かせ、自転車操業の社長さんには難を逃れるのに具合が良い、有難い町ですわ。

晦日払い　逃げおおせての　松の内　目出度くもあり　目出度くもなし

ともあれ集金網をかいくぐり、難を逃れて迎えられた松の内。清々しくお過ごしあれ。

第二場　初夢

初夢や　群れを成す鷹　富士の山

家康所縁の駿府の生まれ。徳川家康の時代から言い慣わされて来た「一富士二鷹三茄子」。元日の夜の初夢は何はさておきこの三択。子供時分から柏手を打って床に就いたものでしたが、三等賞の茄子でさえ未だに一度も夢に現れたことはない。富士山を毎朝仰ぎ見て手を合わせる程に信心深いのにねぇ。「富士は無事に、鷹は高く、茄子は成す」と、いかにも戦国を勝ち抜いた武将に相応しい夢。だからして、下々に縁が薄いのは仕方ありません。ところが酵母師匠、出世は覚束なくとも無病息災にして「入院」という単語は辞書にないらしい。ビールを飲まなければ薬は何も飲まなくていい。飲むのは百薬の長だけ。隠遁生活を謳歌し「富士は無事」。しかもかつての下町の長屋住まいから「鷹、高く」という程ではなくとも海抜58ｍの山の手へ。正夢は、三福の内の茄子を残すだけの果報者。「茄子？　揚げ煮が一番旨いね」。なんてお惚けになってもダメですわな。恩師曰く。「夢は必ず見る。頭が悪いから忘れるだけ」。それだよ‼　きっと「一富士二鷹」は初夢に現れて正夢になったに違いない。人生残り二十五年。「これから一体、何を成すべきなのか」などと年甲斐もなく真面目な顔をしながらあれこれと夢見るのであります。眠り込んだんでは忘れてしまうのは本人が一番承知。で、白昼に夢見ることにしているのだそうですよ。白昼夢。確かにその方が何か現実味がありそうな気がいたしますね。

第三場　出初式

木遣り詩　鳶　宙に舞い　出初式

木遣り唄には色々あれど　わたしゃ　よいよい　よいやなあ

鳶頭の透き通るテノールには聞き惚れます。天下の名奉行大岡越前守が設けた江戸町火消の伝統を受け継ぐ鳶衆。全国各地で新年を目出度くも引き締める鳶頭の男気が、出初、梯子乗り、木遣り唄に漲り、粋で鯔背（いなせ）な江戸情緒。お年を召されても鯔背なままに。

銀のかんざし　伊達には差さぬ
　　切りし前髪の　とめにする

江戸木遣り詩の一節。浅草・駒形界隈には少数になりはしましたが筋金入りのかんざし職人が今でも錺簪（かざりかんざし）創作の腕を競い合っているのは嬉しい限り。歌舞伎や日本舞踊、花柳界だけではありませんで、簪は播磨屋橋で「ぼんさん」が買うのを目撃される程の人気で、浅草の東武デパートで実演販売されていた七宝焼きの簪に一目惚れし買い求めたあたしであります。本来は着物姿を引き立たせる髪飾りではありますが、洋装であっても黒髪にしっとり付き添う一生もの。錺簪に惚れて髪を飾りたくなれば金髪に染めたりする気にはなれません。きっといつか、浅草界隈に錺簪職人工房をお訪ねくださいな。日本に生まれてよかった。

洗い髪なら　藁で結んで　薄化粧
　つげの櫛　横に差しゃ　（江戸木遣り唄）

第四場　海鼠

初市や　海鼠ひと籠　隅にあり　　青木月斗

正月二日に開かれる初市。海女さんか、はたまた漁師の連れ合いか、もんぺ姿の女衆が干物や今朝漁りの魚介類を広げた笊が並んだその脇に、ひと籠の黒光りした海鼠(なまこ)が控えている。この句には季語が二度お出ましになる。旬は十二月中旬から二月中旬の海鼠ですから新年の季語で何ら不思議ではない。それにしてもお世辞にも見目麗しくはなく、新年の華やかさとは無縁の体躯。特に、乾燥した中国製鰹節のような形状のものは、水で一週間戻して巨大化すると足のない怪獣のようで、とても食す気にはならない。飛び掛かって来たらと思うとぞっとする。しかし、そこは旬。なまはげだって季語になるんだから怖くても季語に変わりはない。それに、よく見ればこれ程愛嬌がある海の幸、鮟鱇と双璧ではないか。刻んでしまえばステーキも海鼠もサイコロ。旨ければ満足。で、酢の物でお通しに。それに海鼠を馬鹿にしてはいけません。香港料理の高級食材で年間なんと百億円分の海鼠を日本から輸出しているとか。それでですわなあ。乾燥海鼠が大の人気の秘訣。輸送費節約、コスパ絶大。

三陸産　海鼠

初市、初荷と言えば正月二日に決まってまして、幟や垂れ幕を荷台に掲げたトラックが町を走り回るのが常だったんですが、近頃全く見かけません。魚屋さん、八百屋さんの初詣、晴れがましい顔にもお目にかかりません。元日だというのに大抵の超市（スーパー）は店開き。去年の魚・野菜が並んでますわねえ。

せめて元日はゆるりと。買い初めは正月二日に戻したいですわ。

第五場　雑煮

雑煮とは　わらわのことかえ　餅ふくれ

今更の感は否めませんが、雑煮などと誰が名付けたものか。初春の佳き日にいただく吸物を選りにも選って「雑」煮とは無礼千万。年神様に備えた餅や大根を若水と年始めの火で炊いた「煮混ぜ」が語源と言われていますし、神々さまからの有難いお下がりでございますよ。それに、野菜から調味料迄、地方毎、時代毎様々ではありますが、「雑」と括ってしまったんじゃぁお仕舞ですよねえ。風情、風雅が感じられません。丸餅・白味噌仕立ての関西、丸あん餅入りの香川県など、それぞれの地域好みに煮混ぜるにしても「雑」と言われる筋合いはありゃしません。混ぜ方が雑では澄まし汁がどんよりし神々しさをなくしますでしょ、白味噌仕立ては出汁に混ざり元の色には戻らない。混ざったら元に戻らないのが液体の性癖なんだと中学の理科で習いましたが流石は白味噌。見目麗しさはそのままに白いからこそ神前に供え五穀豊穣の祈願を許される。等々と雑煮の命名についてはお正月が来るたびに「はて?」と首を傾げるのでございますが。先祖伝来、餅・大根・鶏肉・三つ葉と、白・茶・緑の三色を配した鰹出汁のお澄まし。斯様に簡素な駿河風「煮混ぜ」育ちの、うち等だけの疑問ですかいな。いえいえ、全国にはきっと同じようにお雑煮の晴れやかな新名称を考えている善男善女がお出でなさいます。令和の御代も始まったばかり。お雑煮様、もうしばらくお待ちくださいませ。

第六場　西浦田楽

西浦に　月も凍てつき　古田楽

静岡県浜松市天竜区水窪町。元の役場から山道を登り詰め、北遠の山峡に古来の民俗を伝承する西浦（にしうれ）の観音堂に辿り着きます。今宵は旧暦新年十八日。杉木立に囲まれた境内で月の出から翌朝の日の出まで夜を徹して能衆が奉じる四十七番の西浦田楽。養老三年（七一九年）に行基がこの地を訪れ仏像と仮面を彫られたのをきっかけに始まった西浦田楽は厳格な世襲制で千三百年続く家の芸。ですから歌舞伎界、ましてや二世議員なんぞ足元にも及ばない。暦も旧暦に違いない（?!）。新暦では二月なのに俳句の世界では新年の季語とされているくらいですから。俳人の季節感と五穀豊穣を祈る田遊びへの畏敬を感じますね。

夜がしんしんと更け月も凍る暗夜。寒村らしい観音堂の脇に囃子方の簡素な舞台が建つだけの境内で、厳かな田楽と思いきやユーモラスな演目が次々と。神様って意外に庶民的なのかも。

雪が降り積もるんでも氷がめりめりと音を立てるんでもない。なのに手足、顔から喉、肩から腰まで凍りそう。地元の信者、参拝者、重要無形民俗文化財の田楽に魅了された観客、民俗学の先生方の背中で松明が焚かれる。カチカチ山の狸さながら、防寒コートから今にも火柱が上がりそうな火勢。逃げては凍え再び火焙りに戻る、を繰り返す内に田楽は最高潮に。やがて狭い空が白々と明け神事奉納は幕を閉じる。

舞方・観る者、心ひとつに五穀豊穣を願う新年の苦行。

第七場　恵方詣り

節分じゃ　遅過ぎないかえ　恵方詣り

歳徳神（としとくじん）様おわすところ、恵方なり。大正時代までは元日にそれぞれの家からその年の恵方に当たる神社に参詣するのが習わしだったそうな。日本は海に守られ山河あり。八百万の神々がおわす。神社は数知れず。ドラッグストアー駐車場にも。お大尽家に至っては自宅の庭に社がある程。とは言え、土佐、潮岬、遠州灘に面した住まいでは南は太平洋の大海原。令和五年、その年の恵方が丙、南南東の方角と言われても神社はあらず。秋の宮島だけは平家さんのお陰で恵方が丙でも参詣できるんですが他にはありませんものねえ。アカウミガメではあるまいし、インドネシアの神社にお参りには行けず恵方は次第に忘れられ。でも、こうも長く不況が続き薄幸の世になると、新年恒例の初詣・氏神様参拝と同じように御利益に与れるかも、とすがりたくなるのが人情。商売繁盛その他諸々に目を光らせる歳徳神さまなんだから。と、瞬く間に全国に蔓延る事態になった「インスタント恵方詣り」が恵方巻。火付け役は無信教の超市・便利店だし、そもそも胡散臭いものの今や人気絶頂。西浦田楽のような苦行は要りません。恵方に向かい関西風太巻きを頬張るだけで願いが叶う。南方は海だし、今年は参詣叶わない漁師たちも海苔巻き一本で参拝のお墨付きを神様から頂ける。高野豆腐、かんぴょう、キュウリ、伊達巻、ウナギ、桜でんぶ、椎茸が関西風太巻きに。何とウナギも入っておりますれば、高かろうと、美味しく食べて願いが叶うんなら何本だって食ってやる。（夕方六時からは半額ですねん）

二幕目　初春　如月

第一場　京菜

水耕に　土恋しけり　京菜かな

遠州から三河にかけてはお雑煮に入れられるという水菜。清流を畦の間に引き込んで栽培するんで水菜と名乗りますが、噛んだ途端にシャキッと水滴がほとばしり出る食感がなんとも気持ちのいい野菜ですわ。元々京都の九条辺りで栽培されていた野菜なんだそうで関西では京菜と呼ばれる。同床異夢、呉越同舟の類でっしゃろな。ほんでも「水菜と京菜って結局どう違うん?」と突っ込まれ何とも返答に窮したんやさかい、今時の水耕栽培を『水菜』と、畑の栽培ものは『京菜』とひと思いに呼び分けて欲しい思うとります。なんより京産まれやし。土から頂いた栄養は身土不二そんもん。けんどもお正月には呼び名はさておき、お澄ましには栄養より彩り優先。正月ばっかりは年神様に免じて水菜やて大目に見ておくれやす。当たり前やけどいつもの料理に畑からの瑞々しい緑は欠かせへんし、京菜、美味しゅう食べておくれやすな。

第二場　山焼き（若草山・大室山）

霊魂を　鎮める山焼き　春を告げ

奈良の若草山山焼きは例年一月末に行われます。山頂にある鶯塚古墳の霊魂を鎮めるための神火が発祥とのこと。俗に、霊魂を恐れる人々が誰ともなく度々火を焚いたのが始まりとも言われ、「歴史なんてそんなもんさ」と頷いての高みの見物も悪くない。加えて、これも妙に真実味があるのは、元々犬猿の仲だった東大寺vs興福寺の鎌倉時代の境界争いが起源との説。神社仏閣に仕えるも、やはり人の子。藤原氏の神社である春日大社が仲立ちを買って出て両寺と共に山焼きの継承を支えたとか。そんな世俗的な事情が絡んでいる、と深読みすると益々興味深くなる奈良早春の象徴。害虫駆除・災害防止、観光と、一石多鳥の一大行事。

片や大室山は静岡県伊東市にあるスコリア丘。四千年前の噴火で出来た、唯一無二とも称されるすり鉢状の可愛らしい山容の独立峰にして国の天然記念物。「そんな貴重な御山を焼いてたりして、いいんかしん（藤枝弁の疑問形）？」と疑念が湧きますが、そこにはちゃんとした言い訳、理由があるらしい。ですよねえ。そう来なくっちゃ。「良い茅が育ちますように」と、なんと七百年前から行われている。なるほど。それに大室山はれっきとした火山ですもん。火山の山頂・山腹に古墳がある訳はないし、霊魂さんは居られなさそで祟りなし。気後れせず全山を焼けますよねえ。

ところがどっこい、実は御鉢には大室山浅間神社が建立され、磐長姫命が祀られている。此花咲耶姫のお姉さまですが、さぞ熱く煙たいことでっしゃろ。神無月に行えばいいのに、真冬で社に籠っておいでのところ、お気の毒なことしはりますわ。ゴホン。

第三場　白魚

明けぼのや　しらうお　白きこと　一寸　　　芭蕉

夜が白々と明けようとしている浜辺。網からこぼれる一寸ばかりのシラウオの白さが日の出に照らされ眩しいほど。この句で有名になったのが、二月に旬を迎える桑名の白魚漁。芭蕉の句に登場する程に江戸時代から美味の誉れ高かったシラウオ。悲しくも、か弱さでは魚界の一、二を争い、網が引き揚げられた暁には最早鮮魚で値札が付いている程の美人薄命。色白、八頭身、魚界の（古くは）夏目雅子。

一方、姿かたち名前とも似た者同士のシロウオ（素魚）は頑健で、川に俎上したところを独特の網で掬い取られても、ちっとやそっとでは成仏しない。お寿司屋さんでは踊りながら供される。噛む前に勝手に喉を通り過ぎる元気者で、舌を心地よく刺激する苦味を帯びた甘味は左党好み。

この生き作りは酢醤油との相性が魚仲間で一番。食し方に違いはあれどシラウオ、シロウオ共に一寸にして立派な酒の肴。が、破天荒な土地柄が魅力の大阪では話がややこしくなるのが常。素魚をシラウオと呼ぶんだそうで。お白砂で大岡越前に白黒つけて欲しいですわ。イワシの子、シラスの身長は五分、一寸の半分。瀬戸内名物は釘煮。生じらすは静岡と湘南・江の島の名物。シラスは生でも踊りませんで、背を張り詰めたままキリっと寝そべっているところを酢味噌和えやポン酢で肴に。更なる静岡名産は白い海苔風『たたみいわし』。浅草の蕎麦の名店大黒屋では朱塗りで名刺サイズの木箱の底に豆炭が熾してありましてね、簾の上に敷いて軽く炙って摘まむ。絶品な江戸の粋だねえ。

第四場　針供養

ねぎらいに　晴れ着縫い上げ　針供養

師走八日は事始め。歳神様を迎える神事の準備を始める日。無事新年を迎え、晴れやかな行事の幕を閉じる二月八日の事納めはアパレルの世界では針供養。職人もお内儀もこの日ばかりは針仕事を休む決まりでして。老いた縫い針を豆腐や蒟蒻に刺して淡島神社や浅草寺にお納めし、針さんの長年の労を労いながらも「折角の機会ですし」と裁縫の上達をちゃっかりとお祈りするのも習わし。

町場と違い、村では二月八日に農作業を始め十二月八日に農作業を終えるそうで、お針子とは事始め・事納めが真逆ですわ。確かに、農事歴には旧暦の二月八日が事始めとある。町と村とがこれ程対照的な行事はありません。同じ日、同じ神社に町場のお内儀と農家の旦那がお参りする訳でしてね。けれど神様にとってはいずれも氏子。「苦しゅうない、近う近う」と大歓迎。氏子にしても針の供養が無事済んで安堵、五穀豊穣の太鼓判を押され大いに安心。三方良し。そもそも道具に感謝する、道具を愛するのはモノづくりニッポンの国是。トヨタの会長さんが仰るには、愛国、愛人・・と愛が付く語は多いのに道具を「愛なんとか」と呼ぶのは車だけ、愛車だけと。カーキチとしては頷けるもののカメラも愛機ですわ。ニコンEMはフィルムが姿を消してしまった今も大切に保管し時折磨きを掛けますが、値上がりを待っている訳じゃあない。愛機さん、長らくお世話になりました。来年の事納め、蒟蒻に包んで浅間神社に奉納しま・・。

第五場　赤貝と紅梅

赤貝や　紅梅あしらい　銘々膳

寒開けの二月、如月時分の慈しみは残雪の山並みと初春の味覚。ドイツではまだ寒さ厳しく謝肉祭（ファスナハト）、インドネシアではもう、まだ夏。南北に長い日本列島にあって、東海地方から南の食の楽しみは名残の鍋料理と並んで旬の赤貝。アワビは夏なのにこの二枚貝は冬から初春が旬。板前は、まな板にパチンと打ち付け、気絶したところを握る。「赤貝、お待たせ！」。磯の香りと爽やかな苦みが仄かな甘さを引き立てる。そしてコリコリした食感。「舌の上でとろける〜」という頓珍漢な決まり文句は通用しませんで、食レポ女子泣かせ。美味しい笑窪が一番似合う。しかしです。伊勢湾や瀬戸内から東京湾でも獲れた赤貝、今や水質悪化、乱獲と、お決りの海の事情がございましてね、日本生まれは高級店だけの専売特許に。あたしらには回転ベルトコンベアに乗っかって「我来自青島」「アンニョンハシムニカ」などと自己紹介し通り過ぎる。お皿の色が我が家には禁色でして。

梅一輪　一輪ほどの　暖かさ　　服部嵐雪

尾形光琳の代表作と云えば国宝「紅白梅図屏風」。非対称の対称と云いますか、紅梅・白梅が夫々東西に佇み、隔てる小川もしばし休息しているような静謐なひと時に浸れます。記念切手では左右二枚に断つのを躊躇う程の屏風絵でした。
関東には珍しい大雪に見舞われたある年ある日。まるで雪中行軍のような水戸出張に恵まれ訪れた偕楽園。咲き誇る紅梅白梅が純白の帽子を冠り白銀の世界が見渡す限り広がっていた。名残の冬。早春と呼ばれる季節を越えた絶景を背景に鮟鱇も踊り出しそうな夢舞台でしたねえ。

第六場　鶯、かの鶯声《おうせい》

鶯声や　河津桜の　色香愛で

「スズメになった夢を見た」

全国お米祭りキャッチフレーズに応募したもののボツになり雀の涙が出た遠い記憶が蘇りますが。スズメ目ウグイス科、この春告鳥の初鳴きを昔から日本人は待ち焦がれたものであります。オオルリ、コマドリと並び三鳴鳥と称されるウグイス。天まで届きそうなホーホケキョの澄み切った声に誰しも癒される。縄張り宣言なんだそうですが麗しい。都会嫌いの田舎住みには二二を争う宝物と言っていいでしょう。美人薄命と言われますが、美声の持ち主は意外にタフ。環境適応能力は高いんだそうで、日本には平地からハイマツ帯までメガシティーを除けばどこにもいて唄を聴かせてくれる。丘の上の藪庭にも木の実を探しに来たついでに時々囀ってくれるんですがね、姿は見せず。歌手なら菅原洋一や島津亜矢のように声と歌唱力で勝負する実力派。と褒めたつもりが「一オクターブ高く囀りますがな」だそうでして、失礼しました。姿・形はラジオ向き。笑点大喜利で独自のキャラが人気だった円楽師匠とは違いお腹は白うございますが、背中は地味にくすんだ黄緑色。それに寂しいことに雌雄同色。恥ずかしがり屋だからという訳じゃないんですが警戒心と敵機察知能力に秀でた隠れんぼの達人。兎に角、我が家は猫の額の庭ですからして、すぐそこに手が届くオガタマの樹のどこかしらから囀りが聞こえるのに、さっぱり居場所が分からないんですわ。と目を凝らしていたその時、隣の泰山木にヒヨドリが二羽来襲、鵯の眼鷹の眼で鶯の餌を狙っている。どうするウグイス⁉ その瞬間ケキョケキョ‼ と。谷渡りと呼ばれるかん高い鳴き方で体が数倍もある巨大な漆黒の敵機を威嚇し、身内に「餌を守れ、身を守れ」と警戒警報を発令。一族を守るその勇気たるや、人間でもなかなかできることじゃありません。

あっぱれ、ウグイス‼

三幕目　仲春　弥生

第一場　酒屋の娘

棘のない　酒屋の娘　嫁に取り

棘のない高木の『コシアブラ』。低木で枝に棘があるのが『たらの芽』。似た者同士。八百屋さんのザルに棘は盛られるはずもなく見分けつき難し。若芽がふっくら、ふさふさしていればタラの芽。近頃は殆ど栽培種ではありますが山菜の一番人気。高値が付くので農家のおばあちゃんは孫のお小遣いにと直売所へ。ヨガ教室にも通える簿外収入。この季節、農協直売所で鵜の目鷹の目で探してもなかなか手に入らないのはコシアブラの枝先の芽、愛称が『酒屋の娘』。そもそもシカさんやイノシシさん達善良な山の仲間は登れず棘は要らない道理で、平和な樹。それに、サルはこの若葉が美味しいことを知らないらしい。有難いことです。だからと言って、山中の結構な高木であるからしておじいちゃんも登れず、届かず。左党に人気で高値が付くのに何とも無念じゃ。特筆すべき美味の秘訣は若葉の香りとアロマホップを思わせる苦味。渋からず大人の味。これぞ『天ぷらの女王』。いや、ちゃいまっせ、酒屋の娘。

第二場　花こぶし

花こぶし　愛でる庭主に　摘まむ鵯

〈鵯＝ヒヨ〈ドリ〉〉

「コブシ咲くあの丘　北国の」。千昌夫の『北国の春』は台湾から大陸に渡り、中国からタイに至るまで十数億人以上に愛され、テレサテンにもカバーされたほどの名曲。春を呼ぶ白い花の中で一番に咲く可憐な花木がコブシ。モクレンの妹。ところが、見目麗しさや香りなんぞは眼中になく、専ら味・栄養が目当てなドス黒い野鳥が「待ってました」とばかりに押し寄せる。道路を縦横無尽に走っている電線から義経鵯越の勢いで降り立つ鵯（ヒヨドリ）だ。「待ってませんでした!!」。大向こうが掛かる。関八州の悪徳やくざ殴り込みの場。瓜実顔の花弁が一番旨いと食い荒らし「また来るぜ」と高楊枝を銜え飛び去る。昔なら空気銃でドスンと風穴を開けてやったが、銃刀法違反になる今日はご法度。猟友会に入るにしても町では鉄砲を打てず。忸怩たる思いが募る仲春三月、弥生の憂いだ。カレー粉をまぶしてやりたいですがね、動物虐待で愛護団体に眼を付けられるやも知れず、忸怩たる思いで花見は断念し、コブシの薬用成分に眼を向けることに。北海道から九州まで全国の丘に咲くこの花は、古より煎じられ、薬草仲間と一緒に「葛根湯」に生まれ変わる。鼻炎から頭痛まで、耳鼻咽喉科なら何でもござれ。毎年悩まされる花粉症の緩和に最適な花。

「内緒の話ですがね、あたしゃヒヨドリが花粉症で外出不能になって欲しいですわ。勿論、あたしを食わずに、ですがね」。（コブシ談）

第三場　山葵

わさび田に　さえずり涼し　霧立ちぬ

　中国のお客様にだって「你好吃寿司吗」と尋ねれば「我很好吃呢」ににこやかに返る今日この頃。ドイツの大学祭でも巻物が大人気。ワールドフード。その所為か近頃のパック入りはさび抜きが幅を利かせてましてね。冷蔵庫があるんで毒消しの薬効はお役御免になっても、山葵なればこそ魚の生臭さを消すし、緑の芳香で鮮度が引き立つのに、日本でもさび抜きとは手抜きも甚だしい。山葵あっての鮪。握り寿司は海の幸を山の幸が引き立てる構図の最高傑作でして、だからこそ「ご自由にお持ちください」の小袋山葵もどきをお皿で醤油に溶かすは最悪。日本一の清流安倍川の渓流に江戸時代、世界で初めて成功した水山葵栽培は今や世界農業遺産。台風など天敵に繰り返し痛めつけられても雄々しく復活し伝統が受け継がれ、山葵田元祖の有東木は総本家の地位に揺るぎなし。伊豆市大見川上流に15㌶（東京ドーム3個分）の作付けを誇る「筏場（いかだば）のわさび田」などが後を追い、静岡県は山葵の名産地。そして今は昔の江戸時代。田尻屋開業。土産用樽詰めを考案した程の山葵漬け元祖。「明治二十余年には当時の流浪失業者を救い商法を教えたので田●屋等の山葵漬け商となりし人あり」と業界秘話がお品書きに。五代目は義侠心に厚く丁稚は商売に長けていた。子々孫々、今日なお切磋琢磨し双方隆盛なり。

第四場　お水取り

安寧を　火の粉に託し　お水取り

天平勝宝四年、西暦七五二年以来千二百年余、何があろうと休まず華厳宗総本山東大寺で受け継がれて来た十一面悔過法要（けかほうよう）。国宝二月堂の本尊十一面観世音菩薩の法前で旧暦二月、練行衆十一人が庶民に成り代わってあらゆる罪を懺悔してくださり、合わせて国家の安泰と五穀豊穣を祈る一連の法会。東大寺では大仏に次ぐ人気者で愛称は修二会（しゅにえ）。とは言え「このお寺には大仏様が鎮座しておられるとは申せ国家安泰とは流石にまた大仰な」と思われる向きもおありでしょう。しかしですよ、東大寺は奈良の都の押しも押されもしない総国分寺ですからして、国の病気である天災・人災や反乱などを防ぎ、国の安泰、五穀豊穣、人々の息災に太鼓判を押すのが本旨。天命であります。そんな訳ですんで、十一面悔過法要は一寺院のスケールを遥かに超えて壮大に執り行われたのは至極当たり前でして。「大袈裟？ 何言うてんねん」と練行衆に火の粉を浴びせられそうな妄言ですわな。

そんな修二会メインイベントと云えば、法要で祈りを捧げる折に国宝『二月堂』下の閼伽井屋（あかいや、別名：若狭井）から汲み上げた香水を供えることから名付けられました『お水取り』。その香水は何と若狭小浜市神宮寺の閼伽井（あかい）で旧暦二月二日に汲み上げられ、遠敷川（おにゅうがわ）を半里ほど遡り名水百選で知られる鵜の瀬において『水送り』される。

伏流水になり穢れなき地下の闇を厳かに南に流れ、凡そ二十里南の東大寺閼伽井屋で十日後に再び汲み上げられるんです。奈良を目指す時速千尺ほどの旅路。ところで「遥々若狭からの香水だってどうして分かるの？」との疑問が湧きますでしょう？ 尤もであります。遠敷明神の神通力のお陰でポンプ役を勤める白と黒二羽の鵜が（パンダ鳥ではありません）飛び立ち香水が湧いたんであります。なるほど。俗説では、その昔若狭に東大寺の荘園があって、若狭から東大寺まで水瓶に詰め街道を運んでいたのが、ある年、疫病が流行り運搬できなくなってしまった。思案の末「香水は伏流水になり南に流れる」と神話に仕立てた。夢がない俗説ですわね。

お水取り一連の行事の中でも、とりわけ旧暦二月十二日（新暦三月十二日）から深夜三日間行われる火の行『達陀（だったん）の行法』には圧倒されます。練行衆が八天に扮し交互に礼堂に走り出、また、天界の時の速さに追い付く勢いで内陣を走り回る。二月堂内の漆黒の闇は今や火の海。「火天（かてん）」に扮した僧の松明から火の粉が舞い散り闇を焦がし、更に十二日深夜には籠松明と呼ばれる巨大松明が燃え盛り境内に打ち付けられる処を「水天（すいてん）」が火勢を鎮める。「火天」は「水天」と向き合い互いに激しく跳躍し「芥子」は五穀豊穣を願い爆ざされた米を播き付ける。火炎の下での練行衆の苦行あってこそ煩悩は焼き払われ、御本尊から香水の御相伴に与り無病息災、豊穣の一年を得られる。その場に居合わせない善男善女にとって歌舞伎「達陀」の群舞は圧巻。主役の尾上松緑を始め数十人が火の粉に塗れるが如し。歌舞伎座は今や二月堂に成り代わり、火の粉を浴び熱く走り回っているが如き法悦に浸る。

カササギ（白黒の鵲に代えて）

第五場　お彼岸

ぼた餅に　安穏祈り　彼岸入り

年により春分の日には一日ズレがありまして。年毎に祝日が変わる変則祝日カレンダーの元祖。でも、近頃の老人の日や海の日などとは違いこれにはちゃんとした科学的根拠、政治屋さんなら差し詰め「エビデンスがある」と言うだろね。北半球では三月二十一日か二十二日。それ以上早くなりも遅くなりもしないのが不思議と言えば不思議。南半球でも西から上がったお日様が東に沈む訳ではないんですが、その日は春ではなく秋分の日と呼ぶ。

地球はあんなに重いのに宙に浮いていることを知っただけでも感激ものですが、大昔、地球はもっと速くぐるぐる回っていたし、太陽を一周する公転周期も速かったそうで。一日が短いからその頃の人たちは急がしかったろうねえ。朝餉の鯵干物が焼ける時分には「夕餉の用意が出来てますよ。一本付けます?」と奥から大向こうが掛かる。当時の寿命は鶴には敵わないが二百歳は下らなかった。近頃はどなたも人生百二十年。市井の民にお彼岸は二百四十回訪れる。

さて、太陽が真西に沈む春分の日は仏教ではお彼岸の中日。秋分の日と並んでこの世が彼岸の西方浄土に一番近づくので御先祖を供養するに絶好のお日柄。天文学上、春分・秋分は世界中平等でして日本だけに来る訳ではないんですが、西洋とは違って季節を愛する日本は祝日。

春分の日。お墓参りの定番は昔からぼた餅。近頃では供えたその足で持ち帰るのがマナーになってしまい、ご先祖様に召し上がっていただく暇もないとは何とも申し訳ないのですが。春は牡丹にあやかり『ぼた餅』と如何にも見目麗しい名前を頂き、こし餡に包まれ大きく丸く優しいお味。秋は萩にあやかり『おはぎ』と呼ばれ、つぶ餡の俵型。どちらも邪気を払う赤の餡子が主流の半餅。そのまた昔は五穀豊穣を神様にお祈りし供えたもので人間様はご相伴に与らなかったとか。それが江戸時代に入り神様から仏様へ宗旨替えしお墓参りにぼた餅を供えるようになったそうでして。でも仏教行事に様変わりして良かった。こんなに美味しくお腹も満足できるお供えはないもの。一昔前まで乾物屋さんには小豆が沢山積まれていたし、おばあちゃんが優しく握ってくれたものだった。こし餡のぼた餅は見目麗しく品があるのは確かですが、手に持って口に運ぶ下々の家庭の育ちには敷居が高く、我家なんぞは春も秋もつぶ餡。「硬すぎる」と仏壇から大向うが掛かるほどの歯ごたえに満足。上品ぶっておちょぼ口で食べても美味しくはないもの。それに、おはぎでさえも砂糖控えめだった貧しい麦飯の時代には、おやつというより食事だった。

静岡「浮月楼」で渡辺名人に藤井竜王が挑んだ名人戦第二局ではおやつ候補にぼた餅二ケセットがノミネートされたものの、おやつには大きすぎ眠くなるせいか、指名漏れ、残念な結果に。ところで、売れ筋はつぶ餡。少数派の黄な粉も並び甘党ならずとも好吃でありますが、酒飲みにはチト大きい。安倍川サイズを所望する次第であります。そこに天の声。「牡丹に、萩に、黄色の花は咲きまへんわ。西方浄土の仏さまにお供えするんでっせ。酒飲みの出番とちゃいますがな」。

第六場　春一番

春一番　待つ梅侘し　北の空

「どこよりも春一番を待ち焦がれている北海道、東北、甲信越には何故吹いてあげないの?」とは余所者の余計な心配でして、春一番は吹かず気象台の発表もない。「春先に強風・突風が吹き荒れても直ぐにまた厳しい寒さに戻るし『春』とはとても呼べませんもん」と気象台長さん。確かにねえ。札幌に「春一番」というラーメン屋さんはありますがね。

冬の終わりには「お、春一番ずら」と思えるヒューヒューと吹き抜ける強風に遭遇するんですが、素人予報士はハズレが多い。「立春から春分の日までに南から吹き付ける暖かな強風で、関東では風速毎秒８ｍ、九州は７ｍ以上」とお定め書きがある。地域毎に風速に少し差があるのは地形や気象の違いがそうさせているんでしょうね。真夏日だって本当は石垣島と宗谷では違ってよさそうなもんだし。尤も春一番は暖かければ良くて、温度の決まりはありません。このように期間が決められていますから、早すぎたり遅すぎたりすると気象庁では春一番とは呼ばない。だから「今年は吹かなかったわ」という年もある。幸か不幸か今年令和五年は吹いてくれましたが、東海地方は三月五日で去年よりも十三日遅かった、関東は三月一日で昨年よりも四日早かったそうでして、近頃は東海地方よりも関東地方の方が暑いのはこの辺りに原因があるのかも、とは元地理学徒で地理に疎い酵母師匠のエビデンスなし妄想に過ぎませんが。

ところで、一体いつ頃この心地よい響きの「春一番」という語が誕生したかと言いますと、江戸時代、安政六年壱岐の漁船が転覆したその風を春一、春一番と呼んだのが最初と云われておりまして喜ばれるはずもなく。今も春一番が吹くと次の日は寒くなるし、８ｍ・７ｍは最低の基準でしてね、吹くときはそんなもんじゃぁない。15ｍ以上ではひっくり返るかも。20ｍになれば何かに摑まらないと立っていられない。天気予報の春一番は注意報だと覚悟召されよ。と申し上げながらも何故か心配する気にならない、憎めない春一番。静岡という温暖の地に住まいするからというだけではこの感情は説明し切れません。何故かしん？　インターネットで調査したところ「これだ、こやつの所為なんだ」と合点しました。それはね、昔々あるところに、キャンディーズという初々しい女性トリオがおりまして。それはもう人気絶頂。次々にヒット曲が生まれたんですが、覚えてます？　酵母もよく歌ったその歌は「春一番」。

「雪が溶けて川になって流れていきます」素直というより当たり前ですがね、「もうすぐ春ですね、恋をしてみませんか？」。失恋の痛手から雄々しく立ち直ろうとする明るさ。春らしく気持ちが温かくなる歌詞が続きますね。河原の土手の上でしょうか「つくしの子が恥ずかし気に顔を出します」気持ちは分かる。でも、曲名の「春一番」はどこでどうしてる？　春一番どころか、そもそも風が歌詞のどこにも顔を出さないじゃないの。照れ屋かしん？　などと突っ込みどころは満載なれど、兎にも角にも大ヒット。春一番は寒さを吹き飛ばす明るく暖かいイメージに。　狸も熊も人間もみんな春は待ち遠しい。
それにキャンディーズやし。
もう直ぐ春ですね。
恋をしてみませんか!!

春を呼ぶ

毎年三月十七日（旧暦一月十七日）
国指定　重要無形民俗文化財
大井川町大井八幡宮　藤守の田遊び

四幕目　晩春　卯月

第一場　蜃気楼

蜃気楼　アラブの油井　浮かび消え

光は偉大なり。遠い星から自家用電磁波に乗って真っ暗闇の宇宙を寄り道せず真っ直ぐに夜空に現われ「ぼく北極星。ここここ、見えてる?」と煌いている。新幹線ひかり号は高速なり。静岡に殆ど止まらない。本物の光はその何倍も速いのに静岡まで433年もかかる。でも止まってくれる。しかもまだ光っているから嬉しい。それに星座の姿・形もまた不思議。「スバルだって後輪の星とハンドルとでは何光年も離れているのかも。この地球の近くでたまたま一緒になっただけ?」「あの星、この星、皆光っているのに何故宇宙って真っ暗闇なんだろ」なんて、無い知恵を絞ろうとした折には益々闇に吸い込まれてしまいますわ。そんなこんなで星座さんたち、実は古き昔の美しかった頃のまま。あたしまで若い時分のままの気持ちにさせてくれまして、感謝しながら星空を見上げるのであります。それだけでも有難いんですが光の芸術家ぶりは夜だけではありません。例えば雨上がりの太陽はインド大魔術師。白く透明な太陽の光は七色に断たれ、天空を跨ぐ虹の橋が現れます。「天に昇ってお出で」「せっかくのお話でありますが、今は下界で仕事が少しと遊びが沢山ありますんでまたの機会に」

光の悪戯と云えば蜃気楼。蜃気楼と言えば魚津。富山湾の三月下旬から六月上旬に晴天が続き気温が高く、海岸に北北東の穏やかな風が吹く日、向こう岸の光景が浮かび上がる。これぞ「光景」。鑑賞しながら蜃気楼という深遠な気高い名の由来に想いを馳せますと、蜃（みずち）が気を吐いて楼閣が現れるのだそうでして。蜃は霊獣で龍、大蛤一族らしい。漢字はいいですねえ、姿・形におどろおどろしい殺気が宿る。ドイツ語では「空気の鏡像」。物理現象を正確に表しているにしても風情に欠けません？「大蛤は桑名だろうが」と突っ込まれ、「確かに浜焼きが一番」とボケ。蜃気楼が呆れ返る蒟蒻問答はさておき、ガソリンがこうも高値安定になってしまった昨今、富山湾海上に揺らめく煙突が油井になってはくれまいかと誰しも願うのは道理というものでして、ボーっと現れスーっと消える特技から「座る蜃気楼」と呼ばれ、相身互いの酵母師匠までもが幻の煙突に向かい手を合わせる魚津海岸であります。

光の話題をもう少々。あたし思うに、一番美しい光の悪戯は天空に揺らめく光の緞帳、北極圏ならではのオーロラ。太陽風のプラズマとやらが凍てつく大気中の酸素などを光らせてくれるんだそうで。クラゲのようにゆらゆらと泳ぎながら電磁波をバンバン放出すると云うし、光の芸術は美しくとも何やら怪しく、心身とも凍て付きそう。とは言え普段はテレビの中。怪しげな光のカーテンが８Ｋで揺らめこうが、ぬくぬくとビール片手に安全安心の至りなんでありますが。思い出します、ある冬の夜、師匠を乗せた全日空エアバスは北極圏上空にあり。突如として機長のアナウンスが流れ「皆様、左前方にオーロラが見えています」。眠っていたはずの乗客一同、一斉に左に殺到しましてね、機体が傾いた。「右にお戻りください」。

オーロラだけでなく美しいものには近寄らないが肝心。天上天下、遠見が一番でっしゃろ？

第二場　菜の花

黄金比　白無垢一輪　菜畑かな

一足早く春を迎える南伊豆町では二月初旬から「南の桜と菜の花まつり」。満開の菜の花に迎えられ送られる白無垢の花嫁が華を添え、祭は最高潮に。河津桜と菜の花に包まれる結婚式でしたが今年で幕を閉じるとか。初代新郎新婦はそろそろお嬢さんを嫁がせるお歳に。運営に携わってくださったボランティアさんも御年配に。長年お疲れさまでした。

昭和四十年代までは畑一面黄色に染まると新学期。田んぼを埋め尽くすレンゲの桃色絨毯と隣り合って進級を祝ってくれている。そんな心安らぐ自転車通学生だったんですが近頃の田んぼにはレンゲを肥料として鋤き込みません。それに菜種油を絞る時代ではなくなりましてね、黄色も桃色も去って里の春の風情が感じられないと師匠はこぼしておりますが、黄色い菜花は白菜、カブなどアブラナ科の誰かが年中どこかの畑で咲き、食べて良し。中でも菜の花は春のお浸し、納豆和えの定番。手間要らずで、しかも絶品。困りますねえ。お酒が進んでしまって。

俳句の世界では蕪村の「菜の花や　月は東に　日は西に」。目を四角にする程ではないんですが、右目には沈み行くお日さまが、左目には東に昇るお月様が宿って、眼前に広がる菜の花畑は今や夕日に染まっていく。彩りについて一言一句たりともない句。なのに暮れ行く春の宵が彩り豊かに読む者を包んでしまう。侘寂の句界と一線を画す明るさが何とも粋じゃございませんか。

第三場　花見酒

花明りほのか　門出の　句会かな

満開の桜の下、江戸時代の祭りを今に伝える遠州横須賀の三熊野神社大祭。小学生がひょっとこ踊りを披露する山車をピンクのちょうぼろが覆い、いつになく華やかな古風な街角。

舞台は回り、桜トンネルで大人気の瀬戸川。ところが桜は気分屋でしてね、一昨年は蕾を見上げ桜句会。昨年は葉桜。遣る瀬無い大日本東名会句会兼送別会でしたが、漸く今年は桜の花の満開の下で開催の運びに。ところで、名前からして怪しげなこの団体、東海一円を根城にした任侠団体にあらず、れっきとした大会社の堅気衆の親睦会。仕掛け人は泣く子も黙る藤枝梅安二世。満開の桜に春祭りとあっては、町中の人々が詰めかけ、昼時には既に花見特等席から裏手まで一面にシートが敷き詰められ、即席宴会場では早々と飲みながら夜桜を待っている団体もちらほら。そこに忽然と姿を現した大日本東名会の先遣隊。ｍｍ、我としたことが後れを取ったか!! 殆どの団体はブルーシートを敷いて一安心と一旦引き上げ見張りがいない。とは言え、仁義に反する真似をする気はさらさらない善良な団体とあっては、今宵はお花見道具一式・ビールケース・樽・肴を抱え、中州迄渡る他なかろう。が、幸いなことに二団体のシートの間に50 ㎝ほど隙間がある。梅安はその隙間に5ｍ程に伸ばしたシートを敷く。幅50 ㎝では境界線、せいぜい一人が通れる木道ほどのものでございましょ? でも奴さんにかかれば、これで一応は十人一列に座れる勘定。伸び切ったシートの上に、段ボール箱を立て、団体名とその名に相応しい紋章を筆書きし、「また後ほど」と組事務所に引き返したんですわ。斯くのごとしで梅安一行に悪意はありません。さて、暮れ六つ。花見会場に戻った梅安一行は我が眼を疑った。両脇のシートは跡形もなく砂地に戻っておりまして。大日本東名会ご一行は、鰻のごとく細長く畳まれていたシートをせいせいと広げ、世間さまの眼光を横目に満開の桜花の下、門出の宴を盛大に祝うのでありました。

第四場　おたまじゃくし

m、蝌蚪とな　オタマジャクシが　首捻り

　そっと小出しに「m、・・」。それにしても奇抜な出出しでございますねえ。「蝌蚪（かと）」ですと？　俳句だったら「来る者を拒む」殺気を感じません？　その点『小噺、季語に集う』は川柳小噺ですしね、「蝌蚪」を季語に採用してもユーモアでフレンドリー（?!）池の畔から「あっ、蝌蚪さんだ。何して遊んでいるの？」と話し掛けても「蝌蚪ってだーれ？　誰のこと？」と知らん顔、無反応。オタマジャクシはカエルの子。何処から首かは存じませんが、きっと首を捻って泳ぎ去るのがオチでして。この句の実況中継のとおりでございましょう。

我家はカエル屋敷。庭から玄関、書斎、愛車にまで蔓延っている始末。勿論ぬいぐるみ・プッペのみんなではありますが、雨蛙色でぽちゃぽちゃと、この上なく可愛らしい。そう、幼少のみぎりは独自路線の褐色をした日本の蝌蚪一族、ニホンアマガエルさんたち。古池に飛び込んだ蛙もきっと仲間だったに違いありません。牛蛙がドボンと飛び込むんでは風情に欠け一句捻る気にならない。しかし、日本だけでなく朝鮮、中国にも棲んでるそうで、金先生、習先生がケロッと「日本アマガエルとはけしからん。ハングルアマガエル、中国雨蛙に改名せよ」と言い出すかも。名付けにまで忖度させられそうな御仁が近くにおられますが、お付き合いは勘弁して欲しいですわ。

第五場　黄金週間

下々は　自宅軟禁　黄金週間

誰が名付けた黄金週間。黄金や玉を連ね束ねたような大型連休だし、なるほど言い得て妙と納得。それに、宗教がかった祝日がないのが日本のいいところ。自己都合休日を盛ってあげれば一週間以上にもなるし「二十四時間働けますか？」は来週から。物見遊佐の推奨、飲食娯楽業界挙げての書き入れ時で経済波及効果はけた違い。と言われますが、それはお足があるセレブの話。でも羨むことなかれ。懐が寒い向きには何よりの骨休み週間だし健康生活この上ない。平泉に出掛け金色堂にお参りしたつもりでここは奮発していつもの釜麦二缶に二百円足しましエビスビール。盆暮れ正月とは違い年中行事もなく、猫の額でのんびり初夏を味わう。中尊寺や金閣寺に旅行したところで「兵どもの夢のあと」空虚な疲れが残るのがオチだし、リーズナブル。中尊寺と言えば芭蕉の一句「五月雨を　降り残してや　光堂」さみだれは梅雨。旧暦五月は黄金週間のない梅雨時。我が家のような老朽家屋では尚更なんですが、梅雨時は家中何もかもくすんでしまう。ところが、光堂は今、侘寂の世界におられる俳人の前に、平安時代から九百年山中にありながらも別世界のように輝いている。日頃から金時計を嵌めているセレブな紳士淑女には金欲が増すだけの呼び水でも、芭蕉の心境には生涯無縁。侘寂の世界に身を置くからこそ「銀も金も玉もなにせむに」俳句に勤しめる。「それならば、師匠。同じ詫び住まいですし、俳句のお師匠さんに成れるはず」と仰らずに。侘びには恵まれながらも、俳人の境地に達すること叶わず。

第六場　春漁

春漁や　桜海老跳ね　駿河湾

「春漁」。ワクワクさせる響きがありますねえ。生まれも育ちも水産国日本の誰もが待ち焦がれる春漁。牛、豚、羊、犬など年中出回る家畜には春漁も冬漁もありゃしません。それに、そもそも殺すために育てるなんて人間のすることじゃないでしょ。あたしはそんなことしませんよ、供養と思い美味しく頂きはしますが。

話は海に戻りまして、春漁。春に獲れる魚介類は勿論沢山ございますが、脂の乗りは違えども殆どは季節を問わず食せるんで特に春漁とか秋漁と名付けはいたしません。限られた、しかも美味な魚種だけに許される称号でして、瀬戸内海の鰆（さわら）、宮城県の小女子（こうなご）。そして何と言っても代表格は駿河湾由比、蒲原、田子の浦漁港に上がる桜海老春漁。駿河湾の宝石と呼ばれ高値が付くのが災いの元で乱獲に。漁獲量が激減し絶滅が危ぶまれたんですが、幸い資源保護の努力が実を結んで今年は大漁。と云っても一寸ほどの小ささ。しかも直ちに捌けてしまうんで冷凍倉庫が満杯になるなんてことはない。それにカツオのように抜き取る輩なんぞもおりません。活気漲る水揚げ場ではピンクで透明な生桜海老が薄手の箱に綺麗に均され直ちに出荷、

あるいは浜に広げられ四時間ほどで「乾燥桜海老」完成。日本では駿河湾だけ、台湾でも獲れるんですが小振りでして。それにしても、地球上にこの二か所だけ。踊り食い、生シラス相盛りの紅白丼、香り立つ桜エビかき揚げがこれまた絶品。

駿河湾春漁に是非お越しあそばせ。

紅白丼（生桜エビ、生シラス）
蒲原　鮨処「やましち」

五幕目　初夏　皐月

第一場　江戸の祭り

薫風に　気っ風弾けり　例大祭

江戸総鎮守は神田明神。神田を始め百八ヵ町の総氏神。特に縁結びと商売繁盛の御利益が期待できるパワースポット。金融大手が犇めく大手町・丸の内も氏子町だし商売繁盛の神様であらせられることは疑いもなし。本の街神田にしては学業成就が真っ先に来ずに縁結びが一番なのは解せませんが、明神様ご自身の商売繁盛のためにピッタリなポップというもの。神田祭は二百基の神輿ばかりか、平安時代の衣装に身を包んだ氏子の行列が祓い清め巡回する神幸祭も祭の花形と、見どころ満載。出来れば神輿を担ぎ、氏子行列に混ざりたいもんです。同じく横綱格の三社祭は浅草神社例大祭。隅田川で像を見つけた兄弟と、像を観音様と喝破し観音堂を建立された賢人の三社を祀る。宮神輿三基、そして氏子町神輿百基が勇壮に浅草を練る。これぞ江戸の華。老若男女入り乱れての人の渦。一度でいいから揉まれてみたい。

ところで、落語のようなホントの噺なんですがね、江戸っ子だってねぇ、荒川の生まれよ。法被・さらし姿が板に付いた学友は粋な落研。江戸弁・命。英語も江戸弁。「She is a boy」。後に一流商社マン。米国支社勤務。

第二場　牡丹

芍薬に　席譲られし　牡丹かな

立てば芍薬、座れば牡丹、歩く姿は百合の花。日舞の素養がある和装女性の立ち居振る舞いが、大輪の名花を想い起こさせる程に麗しく見とれている。茶室に続く緑多き和庭の一輪。あたしの好きなテレビ番組「京都よろず観光帖」で幕開けに毎度登場する舞妓はんは「立てば〇〇座れば〇〇、歩く姿は泡立ち草」を思わせますが、それも愛嬌、と許せるのが祇園の懐の深さ。でもいつの日にか、座れば牡丹はんと投扇に興じたい東国育ちであります。

我が家一押し純白牡丹の大輪が、ある年突如、朱の芍薬に変身しまして。驚いたのなんの。でも芍薬は牡丹の台木になるんですってね。泣く泣く納得した次第でして。芍薬と牡丹は同じボタン科。何事にも大雑把な米国ではお二方ともピオニーと呼び、なんと食べるそうでして。だからと云って食欲は湧きませんが、根っこは漢方の生薬で養命酒にも入っている。見目麗しく、煎じて秘薬。静岡県内では袋井市の秋葉総本殿可睡斎には百五十種、二千株の牡丹・芍薬が咲き誇る。禅宗の寺院でして、座右の銘と申しますか「一枚の葉、一つの呼吸。産まれ、歩き、座り、観る。ただ在る喜びを知る」と。誠に以って牡丹・芍薬の名刹と謳われる可睡斎ならではの銘。桃色に咲き誇る二千株を以てしても修行僧は微動だにせず。高僧にあってもひたすら己と対峙する禅宗の名刹を緑の風が過り、芍薬がそよぎながら今にも立ち上がりそうな初夏。

第三場　新茶

茶娘の　絣懐かし　八十八夜

茶どころの娘たちは、若い時分一度は絣の茶摘み衣装と茶葉の香りに包まれて手摘みを満喫するものです。と、傍からは楽しそうに見えるのですが、ゴールデンウィークを取り上げられてしまいますしねえ。孫が出来る齢になって初めて、故郷の名産を摘めた幸せを懐かしく思い出すものかもしれません。でも中にはきっと「茶農家に生まれた運命、親類筋に当たる者の定め・・」と耐えがたきを耐え若年にして諦念の境地に達している茶娘もきっと居てくれるでしょう。国中見渡してもお茶の手摘みを味わえる幸せな人は殆どおらんのですから、茶摘みをリズミカルに「茶っ切り節」に合わせながら初夏を存分に楽しんで欲しいものです。

東京からのお客様を牧之原台地にご案内した時のこと。走れども走れども、若葉が萌える蒲鉾型茶列が見渡す限り並んでいる。駿河の生まれは、子供の頃は恐れ多くもこの蒲鉾をベッド代わりに「気分気分♯♭」と昼寝したもんですが、この蒲鉾台地は工芸品のように緻密な幾何模様。棚田と並ぶ農耕文化の傑作なんだと、大人になってやっと気付いた酵母師匠であります。

旅ゆけば駿河の国に茶の香り。次郎長さんが現役だった時分のお話でして、以来、維新を経て明治、大正、昭和、平成、令和と五代もの年月が流れ、「東海道の初夏の香りが昔ながらとはいかないのも無理ないけど、それにしてもねえ」と落胆させられるのは駿河の国表玄関の静岡駅。新幹線から降りますとコロンビアの香りに迎えられ。静岡茶を味わえるという触れ込みの駅前地下街の観光物産店はプラスチックコップで人工臭。茶町まで三十分足を伸ばせば年中茶の香りが満ちてはいるものの静岡人は飲まない茶色のほうじ茶らしい。茶の香りと云うには憚られそうで客人を案内するのはどうも。でも一軒だけ、茶工場に併設された喫茶店がありまして、落ち着いた雰囲気の中、適温で淹れた静岡茶を味わえるし、茶工場製造の抹茶ロールケーキはコーヒーにもベストマッチ。左様に、お茶は嗜むだけでない静岡の文化なんですが、歴史を遡ればお茶は聖一国師由来の薬草。あたしにとっては健康のバロメーター。体調が悪い時にはビールが苦く、逆にお茶は殊更に美味しい。如何に健康にいいか、無学のあたしにも実感できる。一方、お茶農家では収入の何と八割が新茶と云うのが常識だった。ところが近頃「おーいお茶」や「伊右衛門」などが大健闘していまして四番茶迄収穫するほど人気沸騰。緑茶ペットボトルは今や自動販売機の主役。そのおかげと云いましょうか、時の流れと云いましょうか、客人を迎えての会議の席で煎茶を淹れてお出しした伝統は薄れ、今や会議机にはペットボトルが居並ぶ。これでは「おもてなし」になる訳はなく、和やかな会談はここからは始まらない。でも「茶どころ静岡、お茶をお出しするのは文化。女性差別なんかじゃありません。女性客が多ければ男が出せばいい話だ。どちらも大いに喜ばれる」などと正論を云った日にゃ、労働組合婦人部、消費者協会からセクハラ常習のマスコミ業界にまで寄ってたかって攻撃される。お茶で「おもてなし」する温かな日本文化は茶室の小宇宙だけになってしまった。

茶葉で淹れてこその温もり。客人、亭主、大蔵大臣の三方よし。そんな「おもてなし」は愛想を尽かせ「里に帰らせていただきます」と家出してしまい、回来、再见は最早望みようもなく。

第四場　新緑

硝子越し　新緑さざめき　筆休め

緑は誰にも愛される色。昔の女の子には緑ちゃんが何人もいましたし、歌手では畠山みどりさん。歌の文句じゃないけれど「緑の黒髪」もよく耳にします。黄緑、薄緑、鶯色と色も名付けも色々でして「あたし一番押し!!」の緑は人それぞれ。酵母の緑は新緑。中でも楓の初夏、高台に建つ古式ゆかしい日本家屋の客間窓全面に新緑が広がり、緑のシャワー。ここで質問です。このラジオ・テーマソング覚えてらっしゃいます？「ダイヤル・ダイヤル・ダイヤル回せばポカスカポカスカ答えが飛び出す」。二〇〇八年まで四十四年続いた長寿番組「全国こども電話相談室」。回答者が揮ってましてね、一番人気は愛嬌と味のある無着成恭先生で、本物の先生にしてお坊さん。他にも永六輔、小錦など多芸多彩で優しい先生ばかり。「先生、葉っぱってなんで緑色なの？」「今、何年生？」「三年生」「葉緑素って学校で教わった？」「まだ。。。」などと問答が始まりまして。つい聞き惚れました、あの軽妙洒脱な名調子。「お日様は太陽って云ってね、透き通って光っているでしょ。本当は光の三原色と云う、赤・緑・青三色の光が一つになって透明になっているのよ。だからお日様の光はあんなに明るくて色はないの。色が集まると透き通るんだね。白い紙にクレヨンでいろんな色を重ねて塗ったり、絵の具を混ぜると黒くなってしまうのに。手品みたいね。マル子ちゃん、お部屋の中を見回してごらん。どんな物にもみんな色が付いているでしょ。あれは跳ね返って来る光の色なんだ。暗闇だと皆真っ黒。怖いよね。でね、葉っぱの中にはクロロフィル＝葉緑素「葉っぱの緑の素」が沢山あってね、この葉緑素さんが赤い光と青い光を吸い込んでしまう。赤提灯・青提灯に吸い込まれるお父さんと同じだね。でも緑は嫌いだから出てってと撥ね返すの。なのでみんなには緑の光だけ見える。だから葉っぱは緑色なの。面白いね。分かったかな?」「はい、よく分かりました。先生ありがとうございました」。こんな調子でしたかね。

葉っぱの色の講釈には紅葉が欠かせません。「葉っぱが秋になると真っ赤に紅葉するのは何故ですか?」の質問あり。秋に気温が低くなると葉緑素が壊されて、代わりに赤を反射するアントシアニンが出来上がる。だからなんです。イチョウは緑と赤の光の合成=黄色を反射するカロテノイドが主役になるから黄色。成分の七変化のお陰。気温が下がると葉っぱの反射する光が緑から紅や黄色に変わるという理屈ですわ。

風薫る五月。楓の小枝にピンクのみるい若葉が日を追って開き、萌える新緑に衣替え。薫風がざわざわと枝先の葉を揺らし「障子を明けてね」と催促する朝日の当たる家。「朝ごはん何かな?」「エッ、まだ? 早う早う、ちちっ」とおねだりしているのはメジロさん。真緑の鳥の代表には皐月の新緑がお似合い。この季節、山に里に、留鳥から渡り鳥迄愛らしい鳥たちが大勢住み着いて渓流では囀りがこだまになり、里では目前を横切る姿に癒されます。頬とお腹が白いシジュウカラ。ブルーメタリックのコートを纏ったオオルリ。谷間の暗がりから梢越しに聞こえて来る「月・日・星」、吾は三光鳥。美声コンクール優勝の静岡県の県鳥ですわ。お隣三河の仏法僧くんは瑠璃色をした青い鳥。でもブッポウソウと鳴くのは「声の仏法僧」コノハズク。皐月の空が一番お似合いは瑠璃色の正真正銘「姿の仏法僧」。チルチル・ミチルと探しに行きたい新緑の季節。

第五場　初ガツオ

目には青葉　山ほととぎす　初鰹　　山口素堂

季語は季節の彩り。この句は初夏の風土・風物から摘んだ三つの季語だけ。あたしごとき駆け出し噺家には思いもつかない「切り捨て御免」で浮かぶ季節感。ここはあたしの出番なしと自作川柳は迷宮入り。という訳でちゃっかり拝借した次第でして。本来なら、早速文机に向かうところなれど、「かくなる名句に相応しいエッセイを綴るには先ずは初ガツオを味わわねばならぬ。それも皮付きに限る」と今にも馴染みの魚清に駆け出す気配。

目には青葉。眼差しは青葉に覆われ、中でも蛙手（カエルの手）の形と雨蛙の緑で気分爽快にさせてくれるカエデ。いい名だねえ。晩秋の紅葉を知るからこそ新緑が一際眩しい初夏。山も我が庵の猫の額もカエデ一色。

夜明け前。勤勉なホトトギスの声が聞こえて来る。東海地方では「トッキョキョカキョク」と鳴きまして、早口言葉のお師匠さんですわ。「テッペンカケタカ」と方言で鳴く向きもあるそうですが、暑い地方、寒い地方で嘴の開け方が違うんでしょうね。

夜明け前に鳴くんですから、聞きそびれて「鳴かぬなら　鳴くまで待とう　ほととぎす」と呑気坊主ですと、明日も夜通し待つ羽目になりそうで、どうする家康?!　そんなホトトギスは、鶯と並ぶ人気声優なんですが、実は性悪・色悪。特許許可局から保育園入園許可証を貰わずウグイス宅に赤ちゃんを預けっぱなし、家賃・保育料を踏み倒す常習犯。なのに気に留める様子もない。ホトホト世話が焼けるやっちゃ。

第六場　こいのぼり

こいのぼり　甲斐の山里　風林火山

山あいをとうとうと流れる四万十川。こいのぼりが横一列、色とりどりに川の流れと同じ速さでにこやかに川を遡る。都会ではミニこいのぼりが団地のベランダでパタパタとはしゃいでいる。男の子の成長を願う端午の節句にして風薫る五月の風物詩。と思いきや、別名「菖蒲の節句」。旧暦の五月なら確かに菖蒲の時節。ですが、ひな祭りが今もなお四月の藤枝も「端午の節句」は今や新暦五月。旗日ですもん。お祝いのちまきや柏餅がひと月遅れで店先に並び「賞味期限は大丈夫?」と裏返しチェックしたお母さんも今は安心してお買い物。

こいのぼりの掲げ方は意外にも全国一律ではないんですね。山梨県を走っていますと武田軍の象徴「風林火山」の幟が鯉さん家族一同と一緒に空を舞う。武田節の一節「妻子につつがあらざるや」。幟も歌も、勇壮にして家族想いの武田武士の子孫らしく振舞っているかのよう。四季折々の山里・農村・漁村と街並みに残る地方色こそ、その昔まで思い起こさせる旅の醍醐味。

広島の地方色と言えばカキ、お好み焼き、加茂鶴。と酵母の場合食文化が真っ先に登場いたしますが安芸の宮島、鯉城、縦横無尽に走る市電、広島カープも欠かせません。毎試合鯉幟がグラウンドを駆け巡る。三万人の大観衆、応援の盛り上がり、Carp 女子。「鯉」女子には是非「恋」女子に変身して欲しい。少子高齢化社会じゃけん。

第七場　薪能

松原に　衣ひらめき　薪能

松原を背に潮騒が聞こえ、小鼓・地謡に導かれ伝説の天女が舞い降り、再び天に帰る。自分が観客であることをいつの間にか忘れ、その昔の松原にいるかのように浮き足立ってしまう。屋内では決して味わえない臨場感に満ちた、三保の松原ならではの薪能。『羽衣』。漁師の白龍が松に架かった羽衣の麗しさに目を奪われ持ち帰ろうとしますと、天女さまがなんとか間に合って掛け合い問答になる。能のこととて慌てず騒がず品良く「衣なしでは天に帰れませぬ。

返して下さいまし」は尤もな言い分、自前の衣ですもん。ちょっぴり憐れみを感じた白龍は「舞を見せてくだされば」と。分かりますねえ、男の気持ち。でも天女様は襦袢では恥ずかしい。「衣を返していただければ舞います」。「月からいらした天女様。衣を纏ったら一目散に天に帰ってしまうのでは?」と疑いの眼の白龍くん。天女さま「疑いは人間にあり。天に偽りなきものを」。善男なら誰しもこの純粋無垢な言葉には心を洗われますねえ。衣を纏い舞いながら富士の高嶺を目指し飛び去って行く天女を名残惜しく見送る白龍くんでありました。と、そんな筋書きなんでございますが、なにせ落語系の庶民でオペラ・京劇は元より日本舞踊や歌舞伎などに至るまで、古今東西の高尚な芸能には疎い酵母師匠。

しかも日本の能はその最高峰。舞台から何から省略の極致。約束事もそのひとつでして所作、構え、型はボディランゲージ。語らずとも分かる人には分かる。雰囲気で感じ取ればそれもまた良し。とは言え、悠揚としたシテの語りが聞き取れないのは些か辛く、今が見せ場なのに睡魔が襲う。目が覚めると、何とまだ先ほどと同じ構えで掌が羽衣の松を指したまま。物語が一歩も進んでいない。シテは酵母ことあたしが目覚めたのを見届け、にやりともせず徐に運び(歩き)に移る。所作に一寸の上下動もなくカタツムリ然として無言。所作、構え、型で物語る。

能は、奈良時代に中国から渡来した散楽、今で云う雑技団が源流で、お祭りで滑稽芝居を演じていたんだそうです。それが平安時代に正式に(?)猿楽という名前を頂きまして、鎌倉・室町時代には猿楽四座が覇を競った。猿楽と呼ばれるだけのことはありまして、正式とは言っても(猿芝居とは申しませんが）滑稽の庶民受け狙い、吉本のノリだった。ところがある時、天地がひっくり返る事件が起こります。その一派、観世座創業者の観阿弥が子息の世阿弥と京都今熊野神社で将軍足利義満に猿楽を披露したんですね。これを切っ掛けに、将軍の寵愛を受けるようになりまして武家御用達の芸能に大昇進。時代を超えて武将に愛された猿楽の四座は後に家康に連れられ一旦は駿府、今の静岡市に拠点を移したんですが、一六〇六年の江戸城本丸御殿落成の十年後には座員一同江戸詰めということに。駿府よ、さらばじゃ。その後数百年に亘る正式な式楽として洗練を重ね、明治からは能と名乗りまして今やユネスコ無形文化遺産。

ところで、薪能の先祖は鎌倉時代に興福寺西金堂の修二会で演じられた薪猿楽と伝えられていまして、闇の中の天と地を舞台に炎が能面に生気を甦らせる。ここは「羽衣の松」伝説の三保の松原。背後の白砂清松が煌煌と照らし出され演じられる薪能。風波の、松葉の囀り。時に鳥の囀り、松原が背景だからこその自然と時代を越えた一体感に包まれる快感。観客であることを忘れ、男性は白龍に、女性は天女さまに成れるひと時。

ところが、近頃新築ビルの正面に引っ越したらしい。なんと愚かな。天女さまが嘆き悲しんでいますわ。二度と三保には舞い降りないと。舞台と薪にも失礼千万。幕開け早々にシテは扇子を打ち付け、大詰には両手で瞼を抑え萎（しお）る一幕になりゃしませんこと？

六幕目　仲夏　水無月

第一場　ホタル

漆黒に　緑の点描　ホタル舞い

昭和四十年頃迄でしたか。田んぼに夜の帳が下りますとね、そこかしこに淡い光を放ちながらホタルが舞っていた。その名をヘイケボタル。羽音は立てずに「ポー、ポー、ポーッ」と光の三拍子でリズム良く、のどかに、思い思いに広い田んぼを舞ってましてね、蚊取り線香を気にも止めず部屋に迷い込んでくれた時には仄かな優しい夢が見られたものです。山裾のせせらぎの宵も蛍。こちらは日本にしかいないゲンジボタル。源氏ですからね。シベリアや朝鮮に住んでるのは宮島から渡った平家さんの落ち武者だろね、きっと。

三十年程前には農薬に追われ、コンクリに攻められ、御両家お家断絶の危機。とその時「待ってました!!」大向こうが掛かった。「自然復元じゃ」と川づくりの皆さん登場。少しずつ昔の小川が帰って来る。せせらぎの音が聞こえるようになって来た。ホタル後見人の皆さんに「今後はご一緒に」と。緑の点滅が夏草の茂みを幾重にも交差する源氏の宵が蘇り童歌が聞こえる。

「ほっほっほーたる来い。こっちのみーずは甘いぞ」ヘイケさんも帰りゃんせ!!

第二場　かたつむり

自走式　免振タワマン　かたつむり

お町住まいのそこのあなた。近頃カタツムリを梅雨時でも見掛けませんでしょ? 生まれてこの方、あの愛らしい姿に出会ったことのない小中学生も多いですし。生まれてこの方、長いお付き合いなのに馴染めない湿度80%のこの季節。「梅雨が好き、待ってました」と登場するはずの「でんでんむしむし、カタツムリ」が十里四方処払いの御沙汰があったものか街中はおろか町外れからも姿を消してしまいまして。三十年ほど前までは住宅地のそこかしこに池や水溜りがありまして、竹垣や生垣を翁風摺足で歩くカタツムリに心が和んだものです。歩く? 疑問は尤もであります。が、生物学の見解では前足・中足・後ろ足があってその筋肉を波打たせて歩くんですと。でもそれって何本ずつあるの? と子供電話相談室で質問されたら無着成恭さんも足上げ、いやお手上げだったでしょうが。あの貝殻は実に見事な建物で、内臓は殻の中、敵が襲ってくれば貝殻部屋にいそいそと身を隠す。乙で澄ました様子から如何にも日本の情緒を感じるんですが、インドネシアの女医さんも「大好き!!」。嬉しいねえ。それにかの国では今も大勢さん歩いているそうで羨ましい限り。アジアの人々らしい優しさのシンボル、我らが愛するカタツムリ。ところが、所変われば人変わる。「魚食は下等文化」と宣うフランス人はカタツムリさんをエスカルゴと勝手に改名。ナイフとフォークで襲い、押さえつけて食べてしまうんです。

流石、文化人よねえ。

第三場　紫陽花

紫陽花や　瑠璃滴りし　露の朝

　暗く鬱陶しい梅雨時。晩春のオオデマリやタイサンボクなど純白の花が去り、盛夏を迎える迄のこの時節は色の魔術師「紫陽花」。花言葉で「無情」とされる青から「愛情」の赤への七変化を心待ちにしている庵主は毎朝いそいそと庭に。その大輪の存在感は梅雨時の代表花。手毬の様に見目麗しいこの花は、本当は花のようで花でなく「がく（装飾花）」なんだそうで、本物の花はその奥に引き籠っているらしいですが、愛すべき花に変わりなく。

鎌倉の「明月院」や「長谷寺」、仙台の名刹「資福寺」は「あじさい寺」と愛らしく呼ばれ親しまれてますわね。紫陽花には神社よりもお寺の、それも参道がお似合い。明月院ブルーと梅雨空がそうさせるのか、立派で華やかなのに控えめな、流石は日本生まれの手毬紫陽花。芭蕉は人生最後の旅に出る送別の茶席で裏庭の草薮を瑠璃色に染める姿が眼に止まり

「紫陽花や　藪を小庭の　別座舗」


と、小さな自然を愛する俳人らしい一句をお詠みになった。

大きな手毬の本紫陽花は和風の庭に七宝かんざしを挿したかのよう。一方、山の手の洋風住宅。玄関アプローチに西洋紫陽花がご主人（または奥様）を見送る庶民羨望の朝の風景。

でも実は紫陽花にはもうひとつ花言葉がありまして「移り気」。ですから、冬咲きではありますが、花言葉「私の元へ帰って」と水仙も紫陽花に並んで植えてくださいませ。

旦那様（または奥様）お帰りはこちらです、と。

梅雨的礼物　紫陽花

第四場　水芭蕉

水芭蕉　燧が裾に　雪化粧

戦後の急造陋屋住まいとは云え何とか食べて行ける程に復興した頃、今も歌い継がれる名曲がＮＨＫ「ラジオ歌謡」から生まれました。「夏が来れば思い出す　遙かな尾瀬　遠い空」。「夏の思い出」は昭和二十四年に尾瀬と一緒に大ブレーク。この曲のお陰か、昭和二十八年に尾瀬ヶ原は日光国立公園の特別保護地区になりまして、開発などに急ブレーキがかかった。誠に後世に誇れる新時代の始まりで、純白に染まる尾瀬の初夏は今も変わらず岳人、旅人達が木道を行き来する。花言葉「美しい思い出、変わらぬ美しさ」。水芭蕉の一輪一輪が首を傾げながら背筋を伸ばし凛と咲き誇っているその花道を、遙か彼方に、あるいは尾瀬沼ならではの回遊に誘う初夏の尾瀬。「水芭蕉が咲いている夢見て咲いている水のほとり」。白無垢を想わせる花なのに、内緒の話、実は仏炎苞という葉っぱの一種だそうでして、えっ、こんなに白く眩いのに？　尾瀬では五月半ばに咲き出しますが、名曲の歌詞に釣られてか俳句での季語は仲夏。涼し気な一句が読めそうな水芭蕉。芭蕉にあやかりたい酵母師匠。

尾瀬とは即ち南会津郡桧枝岐村尾瀬沼畔１番地、長蔵小屋。燧ケ岳への登山道を拓いた平野長蔵ご一家が尾瀬沼の自然な佇まいを守り続けるため大正十一年尾瀬に移住。日本の自然保護フロンティア。長蔵小屋は昭和九年生まれ。あたしこと酵母師匠よりもずっとお年寄り。でもこちらは流石の歳の功、歴史が磨いた黒光りする廊下とランプでお待ちしております。

第五場　梅雨

八重咲きに　梅雨が仕立てし　立葵

「長雨は季節の玉手箱」と思わせてくれる風景に出会います。紫陽花の静かな佇まいの筋向いに立葵が咲き誇っている。背丈程もある立葵。梅雨入りの頃に足元近くから咲き始め、順に天に昇っていく。桃色の艶やかな八重の花びらが頭のてっぺんに達する時分に梅雨明けを迎えるんで別名「梅雨葵」。梅雨空に抗ってすっくと仁王立ちしている凛々しい姿に、傘を差し忘れ暫し見惚れるご婦人方。

中国も上海から南では日本と同じように梅雨入りするんだそうでして。留学先で、名に雨（ユウ）を冠る中国人院生に出会いました。雨の日生まれで媽媽（マーマ）が名付けてくれたと。雨のしっぽりした情緒に魅了されるのは日本も中国も変わりありません。

江戸時代、農業の暦では立春から１３５日目が入梅でして六月十一日頃。でも気象学には定めがありませんで、年により、地域夫々に梅雨入り、即ち春が終わり夏が始まる。梅雨明け、即ち盛夏到来がつとに辛いのは長老連。しかもその頃高校野球地方予選が始まり球場は酷暑。耐えかねて「戻り梅雨」、または母校の早めの敗戦を切望する身勝手を許して欲しい不良OBが球場に溢れる。それにしても、梅雨明け宣言を出す気象台の台長さんは気の毒。花火大会前には宣言させたい業界筋の無言の圧力にひるまず何日堪えられるかのガチンコ勝負。「超市の値引き時刻間近に半額シールを持つ店員が受ける期待の視線とは頑固ちゃいまっせ」（台長さん談）。まあ大概、上手い具合に夏休み前には梅雨前線が日本を去る運びにお天気AIはプログラミングされてますわね。

第六場　田植え

早乙女の　潤みし瞳　田植え唄

世界中で戦争や紛争が絶えません。小麦・トウモロコシ主食の国々でしてね。世界人口の半分を占める我ら米食族は大概平和に暮らしている。大家族で営む米作りの歴史が助け合いの心を育み人間を丸くする。それをいいことに独裁者がのさばるのには閉口しますがね、中国、北朝鮮もお米の国ですが、習さん、金さんの主食は小麦に違いない。とは云え「コメは奪うもの」が座右の銘の野盗が日本にいなかった訳じゃありません。黒澤明監督「七人の侍」。農民たちが拝み倒して漸く侍七人をスカウトし、竹や鋤まで武器に仕立てて戦い野盗一味を殲滅させる。場末の映画館、欠食児童にさえ酢昆布や南京豆を頬張ることを忘れさせた迫力、絶妙の間合い。日本人なら誰しも、ドイツ人青年も目を輝かせ語った世界の黒沢の痛快な活劇でした。ラストシーンは梅雨の合間の田んぼ。犠牲者を出しながらも生き残った百姓と早乙女たちが横一列に、希望に満ちて苗を植えながら歌う田植え唄。感無量。大作のテーマはエンディングの「田んぼ」にこそある。米作り賛歌だと理解（誤解？）した「全国お米祭りイン静岡」プロデューサー。「国連も後援する初めてのお米の大イベント。その一企画として是非とも上映したい」と、恐れ多くも東宝に黒沢映画最高峰の無償貸し出しを勇猛果敢に願い出た。が、「東宝の至宝。易々とお貸し出しはできません」とけんもほろろ。コシヒカリ並みにもっと粘ってお願いすれば美味しい返事が貰えたかもねえ。

活力の源　お米

七幕目　晩夏　文月

第一場　土用の丑の日

丑の日や　炭も見惚れる　腹開き

浪花は商人文化。「うち、大阪生まれやさかい」、算盤片手に「腹ぁ割って話そな」。で、腹開き。先日、道頓堀の鰻屋さんで若い娘が相方に「おなかを割って話そな」と。丁寧に「お」を付けりゃあ品が良くなるってもんじゃない。片腹痛いわ。そんな西方横綱・浪乃花とがっぷり四つは東方坂東武者・関東背開き。お江戸は侍文化。切り捨て御免と背中から切りつけた？　切腹はしたくないのがルーツらしい。何とも自分勝手なお侍。町人もウナギも気の毒だった。話はまたもや逸れますがね、今時流行りの「サムライジャパン」。選手の大半は祖先がお百姓のはず。それにサムライでも立派なのは宮本武蔵、近藤・土方、椿三十郎くらいのもんだったのにねえ。ところで、日本では七月下旬、土用の丑の日にウナギを食すのが習わし。なんでやねん？　珍しく文献を紐解けば、立夏、立秋、立冬、立春のそれぞれ直前十八日間が土用で、二日目が丑の日。なので「土用の丑の日」は節分と同じで年四回もある。言い伝えでは、土用の丑の日に、春は「い」の付く、夏は「う」が付く食べ物が体に良いそうで、それもあってか江戸時代からウナギを食すようになったらしい。うどん、ウリ、梅干し、ウサギでもいいはずなのにねえ。「夏は精を付けなくっちゃいけない。ウリや梅干し、うどんで元気が出る訳はない。何てったってウナギに限る」との鰻業界筋のご託宣をあたしのようなお人好しは疑うことを知らず。日本人善人ばかり。そんなこんなで、一億総うな丼の一日になる。それにしてもウナギだけが何故持て囃され、挙句に犠牲になるのか。テレビがなかった江戸時代。ウナギ屋さんの仕掛け人が瓦版屋さんに菓子折りを持参し、「この日はウナギ食べにゃ!!」とスッポンに倣って健康食品PRに努めた成果らしい。口コミの伝染力は良きにつけ悪しきにつけ強力。コロナも顔負け。宣伝文句には違いないが、チョコレート屋のバレンタイン程の商売っ気はなし。それに健康食品には違いない。悪名高いオリピ電通のごね得、悪徳商法とは違い誠心誠意備長炭で焼き上げますわ。心が籠ってるんで誰もが舌鼓を打つ。関西ではマムシとも呼ばれ、名古屋は櫃マムシちゃう？？？　魔訶より精付きまっせ。それはそうとウナギなんてその辺の川でいくらでも獲れたし安いもんでしたよ。子供が獲って来た特大を釘でまな板に打ち付けた経験者。それに養殖場では数万匹のウナギが絡み合っている。それが今ではうなぎ上り。握り寿司特上よりも高く聖徳太子の出番とは。ウナギイヌの目ん玉が飛び出ているのはそのためですわ。元々、海の魚にありつけない上流国民の魚だし。うな丼で精々七百円ががま口の高値限界でしょう。なら、中国産にしたらって? べたつくタレ、ゴワゴワの皮、スカスカの身に食指が動かんのは日本中東西を問わず。それにそもそもウナギの旬は冬。暑い盛りに旨くはない道理。土用の丑の日にウナギを食す習わしは旬を知らん訳知り顔のするこっちゃ。(とすまし顔で云える身分になりたい酵母。やせ我慢とか武士の高楊枝と陰口を叩かれずに)。

第二場　花火

打ち止めが　後ろ髪引く　家路かな

令和五年。コロナ明け、夏一番の風物詩が三年ぶりに帰って来た七夕の宵。織姫・彦星ペアも今宵ばかりは夜空を虹色に染めるスターマインを天の川で鑑賞中。三重芯に続くは四重芯変化菊。新色お披露目。開き方まで新趣向満載で迫ってまいりまして、焼きそばを食べる暇を与えない。一番の目玉は、玉の一つ一つが花火師さんのイメージ通りに開花し、瞼に焼き付いた瞬間にキリっと消え、ひと呼吸置いてドーンと余韻が響く今宵限りの尺玉。それが花火師の真骨頂、腕の見せ所。

ところで、近頃の花火大会は二万発、一万五千発と数自慢になってしまった。空白の三年間の在庫一掃でもあるまいしねえ。酒の肴と同じで沢山は要らないわな。嬉しいことに、我が町は花火師の町。「親方、一世一代の美形を頼みます」と湖畔の夜空を見上げる一同に、腕に縒りを掛けた新作を間合い良く五千発。お見事。今年は新色オレンジ色と郷土色藤色の競演。伝統の変化菊とお弟子さんによるハートやニコニコマーク。フィナーレを飾るのは恒例、骨の髄まで響く打ち止め尺玉十連発。故郷の花火師御一同が贈る、コロナ自粛の三年間待ちかねた濃密な一時間に盛大な拍手で応える町衆、一万人。

この夏最後の花火大会は、子供達が夏休みの宿題を始める八月末の古刹のお祭り。ポンとひとつ開けば歓声が上がり。たこ焼きを平らげた頃、またポンと上がる。シュルシュルと夜空を目指す灯一筋を眼で追えば天頂に大輪の三重芯変化菊開花。一輪だからこその優雅。村の花火だからこそ味わえる淡く懐かしい、心和む夏の夜の醍醐味。

第三場　水争い

水争い　季語に馴染まぬ　人の性

人の世に争いは付き物。近頃世界では「迫害されているロシア人同胞を助けるんだ」と正義の味方気取りの殺し屋さんの帝国が幅を利かす。迫害しているのは自分でしょ。実はドネツク州に眠る石炭紀石炭と天然ガスは垂涎の的。どうやらその略奪の為（報道されないのは虎の尾を踏むから?）。国内ではリニア新幹線。南アルプスの地下水や田代ダムの東電水利権を巡る「悪徳輸送業者ｖｓ一滴の水県知事」のバトル。争いと真砂の数は尽きません。

ここで一気に江戸時代にタイムスリップ。水争いは何処じゃ？　越前平野の十郷用水に着地。九頭竜川に拵えた大堰から水を取り込んだ28㎞もある灌漑用水路でして天永元年、一一一〇年創建当時、名は体を表し十村だけだった。その後、下流の村々が数珠繋ぎに混ぜてもらい、今や百十八ヵ村。今年は日照り続きで共倒れ寸前。無理もない。あちこちで堰が切られ、両岸に数百人の農民が鋤と鎌で武装し睨み合い一触即発。そもそも川が干上がって水が一滴もなければ水争いは起きようがない。が、少しでもあると限られた水を巡り骨肉の争いが起きる。水を引かなければ米は取れず年貢は納められない。年貢取り立ては益々厳しくなる。米はないが娘がいるとな？　娘が女衒に連れて行かれて悲しむ両親も、最早涙さえ一滴も出やしない。

「分け合うっきゃないじゃろが」長老達の知恵とリーダーシップで水配分の決めごとが喧嘩両成敗、丸くはないが収められる。明治になって水争いご法度の法律、農家衆の組合もできた。そんな風に近代的手打ち式が整ったおかげで、血生臭い争いは昔話になり目出度し目出度し。

それにしても人間って悪さもするけど大した生き物ねえ。頭と手と道具を使って川を堰き止め水を引く、川がなければマンボと呼ばれる横穴式井戸までも手掘りしたんですから。更には、用水トンネルの代表は江戸時代の深良用水でしょう。芦ノ湖から今の静岡県裾野市まで１２８０ｍ。電機は勿論重機、機械器具なんぞなかった時代の先人の知恵と技術。只々凄いと敬服するばかり。今も現役で富士のすそ野に広がる田んぼを潤しているんですから、只々凄い。

川は流れる。水は蒸発もする。水を溜め置くのも人の知恵。香川県高松市。瀬戸内海沿岸地域は南北を山脈に遮られ雨が少ない。四半世紀前の四国旅。「本日の最高気温37度」と猛暑警報が出た、雨には久しくご無沙汰の真夏。37度などという酷暑はお気楽旅行団ご一行様の誰しも初体験。ドキドキワクワクしながら案内されたのはエッフェル塔でもルイビ本店でもなく満濃池。西暦七〇四年創建、八二一年の空海改修が殊に有名な古代巨大ダム湖。その後もダム決壊の度に修繕し、堤をカサ上げして貯水量倍増。現在は周囲20㎞にして貯水量１５４０万トン。こちらも想像を絶する千三百年前の土木工事。瀬戸内農業の救いの神だったんでしょうねえ。有難いことです。

しかしまだ一つ、最後の心配が残っている。最悪の旱魃に遭った年には、頼みの綱のダムまで干上がれば水を分けようもありません。古の昔から心ひとつに「降らし給え」の大合唱こそ最後の望み。とある大河が干上がったある年、ある県の河川課と水資源課長が揃い踏み。天乃水分神（あめのみかむりのかみ）を祀る智者山さま祭礼に赴き、神職の祝詞に導かれ玉串を奉奠し柏手を打つ。何と翌日には一天俄かに掻き曇り、待望の雨がパチパチ音を立て大地に降り注いだ。誠に霊験あらたか。天から命の水を授かり、田畑が潤い、杉檜の美林を育み、工業に用水を供給し、水道の蛇口を捻れる。こうして人々の生活を支えてくれる。人知及ばぬ処、神々の御加護を仰ぎ。

第四場　百日紅

百日紅　人の噂を　越えて咲き

　サルスベリ、猿滑。中国原産ながら日本生まれもありまして、どちらも妖艶。全国の庭園、日本の夏を彩るこの樹、東京では浜離宮恩賜公園が殊に有名でして、庵の広縁から見晴らせば、入江を背にした日本庭園一面が百日紅の紅で加賀友禅のように染められている。舞台は廻りこちらは我家。雑草軍団に占拠された猫の額のど真ん中に一人仁王立ちしながらも、枝先には肩を寄せ合うか弱い花弁たちが尖がり帽子のように咲き乱れ咲き誇っている。台風一過。今朝も早うから目聡い蜂たちが淡い芳香に誘惑され集まっている。真夏に花を咲かす大樹は百日紅が唯一無二。たった一本で庭を紅に紫に染め、百日もの間、蜂や蝶たちにだけでなくご隠居さんにも心の栄養を届けてくれる孝行者。猿滑。またの呼び名をヒャクジツコウ。花言葉「雄弁」。華やかな花を多彩に咲かすから。「潔白」は白花百日紅。しかし百日紅さんが怒りきれない花言葉「不用意」。幹がツルツルな樹として右に出る者なし。サルもあたしも受験生も滑るのは確かに「不用意」だったから。四つ目は「愛嬌」。でもねえ、滑り止めにも滑った受験生に「これも愛嬌」では慰めにもならんしねえ。尤も、サルは猿滑で滑ったり落ちたりしないとの類人猿研究報告があることだし、受験生には「サルでも大丈夫だから」と励ましてあげることにいたしましょう。

第五場　祇園祭

応仁の　鬨の声伏せり　宵山

祇園祭の花形ビッグ2は前夜祭宵山の『会所飾り』に、鉾や薙刀が屋台に直立した豪奢な重要無形民俗文化財『山鉾巡行』。この煌びやかな山鉾が神事の露払いとは何とも剛毅。祇園の語源は仏教由来の「祇園精舎」。祭り発足は貞観時代。大地震ばかりか事もあろうに富士山が噴火。地球の猛々しさを知らされた。しかも平安京は疫病が度々流行り、夏場に大勢亡くなった。なので暑い盛りの京都なのに祇園怨霊祭は夏。鎮魂の祭礼。明治の神仏分離令で「祇園御霊会」が祇園社から八坂神社に移り「祇園祭」に改名されても、「夏」祭りは替えられない訳。小耳に挟んだんですが、京都では「先の大戦」は太平洋戦争のことじゃぁない。一四六七年、応仁元年から十一年もの長い間京都を戦場にした応仁の乱を指すんだそうでして。八代将軍足利義政の弟 vs 実子の後継者争いに二人の武将の勢力争いが相乗りし、京を荒廃させた挙句に引き分けに終わったお粗末。でも、八六九年以来千百五十年余の間に祭が流れたのは、二度の「先の大戦」だけ。流石祇園祭。近頃、応仁ばかりか二代目「先の大戦」についても実体験を語れる人々が旅立たれたのを幸いに戦争を知らない子供達、そのまた二世の政治屋さんたちが軍備増強の鬨の声を上げる。「人災は忘れた頃にやって来る」言いますやろ。富士山噴火・大地震より怖おすなあ。

第六場　河童

皿屋敷　一枚失敬　河太郎

暑気去りて　河童は何処　いわし雲　と詠みたくも、初秋には間がある旧暦文月半ば。渕に住まいする河太郎も喧嘩相手の餓鬼共も水辺から姿を消し、夏休みは明日まで。夏散々に蹴散らされ舞い上がった砂は、川面に夏雲を映す穏やかな流れの底に眠っている。キュウリ実らずして河童なし。秋になると河童は生きる喜びを無くすらしい。単純な性格で、誰かさんが麦酒なしでは大人しくなるのと同じだ。頭が乾くと卒倒すると言われ、陸に上がる時は必ず水皿を乗せている。暴れるとこぼれるので、いつも水平に動かにゃならんのが辛い。そんな弱みがあろうと、小柄であろうと、偉大な鬼・天狗と並び日本の三大妖怪と崇められる河童の河太郎。悪さはするが小悪。童を時々水中に引き込むだけで、村を焼き払うとか、白羽の矢を立て可愛い娘を攫うような巨悪の兄弟分じゃぁない。田植えを手伝い、草むしりもするので皿を冠った愛すべきキャラクターで通っているのが微笑ましい。彼のお陰でおかっぱの女の子は可愛がられる。GHQが撮った戦後の下町。いがぐりくん達と並んでニコッとしている女の子達は皆おかっぱ。このおかっぱ女子たちに川に引きずり込まれなかっただけでもあたしは幸せ者というもの。尤もあの微笑みは、粗忽にも皿を忘れ脳天が乾き切った挙句の必死の作り笑いだったのかもね。

八幕目　初秋　葉月

第一場　ホップ

復興に　希望の鞠花　遠野ホップ

　ホップはビールの苦味、香り、泡立ちの決め手でビール醸造の名脇役を務める鞠花。高さ10ｍにもなるんで収穫には梯子乗り熟達の技、未熟者にはゴンドラが欠かせません。本場はドイツHallertau。日本では民話の里、岩手県遠野が押すに押されぬ日本一の産地。ドイツでは五百年前からビール純粋令のお陰で麦芽・ホップ・酵母・水の他はビールに使えない。同じ原料なのに香り・味・色は多彩で昔からの地酒が愛されている。うちの蔵はこれだ!!　と頑固で新製品なんぞない。日本では最近までビールはどれも殆ど同じ味でして、それなのに毎年新製品登場。それが来年には泡と消える。遠野には小さな醸造所が次々誕生。地場産アロマホップのお陰で、今や沖縄からも醸し人が来遠。ホップ残滓の利活用迄見据える遠野。これぞ本物食文化ですわ。

第二場　朝顔

肥後大輪　格子藍に染め　朝戸風

夏の風物詩「あさがお」。黒門町の文楽師匠や浅草辺りの長屋の軒先に鉢植えで並んでいる下町情緒。田園調布や広尾ではついぞ見かけませんがそれも道理。長屋がないものねえ。奈良時代に遣唐使が持ち帰った時分は貴族の薬草・下剤だったんですが、見目麗しく、人気急上昇しまして江戸時代にはお屋敷に招かれ、金魚さんと並んで当家自慢の小さな夏の風物詩。さあ、特需到来。上級・下級国民挙って「変わり咲き」に血道を上げ、朝顔栽培は下級武士に格好の内職仕事になった。そんな変化朝顔ブームが江戸時代には二度あったそうでして、流石は古典園芸植物の横綱。そんな太平の世の花道楽には感服いたしますが、花火と同じく古来王道は朝顔の大輪。熊本藩士たちの間で盛んだった園芸から生まれまして今も愛されている肥後朝顔は、本来の形を保つ大輪の花。これぞ歴代随一の傑作。とは言うものの入谷の植木屋さんたちが御徒町のお侍から栽培技術を受け継いだ「変わり咲き」、変わり種朝顔の人気も衰えを知らず。明治には朝顔市が始まり「恐れ入谷の鬼子母神」で知られる入谷は大賑わい。令和五年ですと七月六日〜八日。間髪入れず九日には浅草観音結縁日に因む浅草ほうずき市にバトンタッチしますんで一週間丸々、入谷鬼子母神・浅草観音さま界隈は的屋衆の書き入れ時。

東京下町。夏の朝は朝顔の青とほうずきの赤。夜は浅草ホッピー通り・雷門通り・三ちゃん横丁の青い灯、赤い灯。おっと、こちらは一年中大盛況、お祭り騒ぎでして。。。

でもお父さん、夏場は早起きして朝顔に水遣り頼んまっせ。

第三場　天の川

七星を　柄杓に見立て　天の川

天の川、見えてます?「見えへん。それに、うち大阪生まれやさかい。見たことあらへん」。でもだからこそいつしか出会える夜の感動も一入というもの。沖縄は慶良間夏の夜、サンゴの浜辺に仰向けになり丸い夜空に散りばめられた星を見上げますと、金色に輝く一等星だけでもムカデの百本足を以てしても数えきれそうにない。三等星は銀に、六等星は銅色に、思い思いに瞬きサインを交わす、これこそ星降る夜。そしてその天頂に、吹き流される絹のショールのように静かに瞬いている天の川発見。明暗織り交ぜた幾千の星は大河になり、織姫・彦星の遠距離恋愛を知ってか知らずか、何食わぬ顔で夏の天頂を東西に隔てて滔々と流れて行く。天の川は銀幕。手前の舞台は100㎞上空。東西南北縦横に飛び交う流れ星が炎となって、あたかも天の川のしぶきのように南の海に弾け落ちる。酵母、感激。太陽系は、天頂を横切る天の川銀河の一員。太陽系所属地球。銀河の真っ只中から銀河を見上げる無重力感。日本のどこでも天上のあの辺りに輝き、晴れていれば必ず見える（はず）。北斗七星が描かれた掛け軸のような薄雲と思い込み、見過ごしていたのはきっと天の川。暗い里山でその位置と角度を眼に焼き付けて帰り、見上げてごらん夜の星を。大河が幽かに優しく瞬いてますぞ。彦星・乙姫さまに幸せを、大阪生まれに満天の星空を取り戻したいねんな。おいとはん。

第四場　七夕まつり（黒石・秋田）

あずましい　こみせ古道に　ねぷた映え

弘前駅で弘南鉄道に乗車。お岩木山（津軽富士）を左手に仰ぎ小半時、「あずましの里」黒石に到着。「あずましい」即ち津軽弁で「気持ちがいい」のは確かで、近場の天然温泉に浸かるもよし。先ずは街歩き、と駅を降りれば早々に浜街道中町の「こみせ」に引き寄せられる。新潟では雁木と呼ばれる雪国の知恵で、江戸時代から続く木造りアーケード街。各店の主が街道に面した土地を提供して出来たと云う。近江商人の三方よし「売り手よし、買い手よし、世間よし」に通じる商人の気っ風と公共心の街づくり。大型店進出、近代化、大火災等で風前の灯火だった「こみせ」を土地っ子たちが剛毅に動態保存しているのは地域興しの鏡。どんなに時代が変わろうと伝統が生きている街。いいねえ、その鍵はそこに住む、業を営む人々なのは変わらない。重要伝統的建造物群保存地区になったのも町の衆の街並み保全努力の結晶。

さて、その黒石市中町こみせ通り。七夕祭りの宵も、暮れ六つを過ぎ戌の刻。こみせ通り＝観客席は闇の中。我等がねぷたの登場を息を潜め待ち焦がれる家族・親類衆、隣組衆、見物客。と、視線の先の街角に突如、闇夜を破り「ねぷた」という名の瀟洒な扇型山車灯籠が音もなく現れる。青森の人形型ねぶたと違い平たい扇型なのに、MGM立体映画のライオンの様に、表面の鏡絵から武者達が飛び出さんばかりに睨みを利かせ見得を切る。近づくにつれ露払い・太刀持ち役男衆のヤーレヤーレヤーの掛け声が低く古街道にこだまし、扇裏の見返り絵、美人画をお披露目しながら笛・太鼓・鉦（どら）のお囃子を余韻に通り過ぎる。奇をてらわない黒石ねぷたの気品は、こんなこみせ通りの闇を舞台にしてこそ映える。古街道の宿場町が町内会自主製作のねぷたに照らし出され、武者と美人、お囃子が流れ過ぎていく小半時。ここぞ花道。

（独り言：ねぷた本体にスポンサー広告が全くない。いいねえ。青森ねぶたなんぞ広告塔ですわ）

次に控えしは日本三大提灯祭。即ち「二本松提灯祭、尾張津島天王祭、秋田竿燈まつり」。二本松神社例大祭の七町太鼓台には四方八方提灯が灯る。全国数千に及ぶ津島神社の元締め尾張津島神社の天王祭の主役「まきわら船」には摩天楼の様に聳える一団の提灯が天王川川面に揺らめき、光の華麗さに津島笛の音色を添えクライマックスを迎える。そして今宵は秋田竿燈。

線状降水帯。近頃天気予報でよく耳にしますが。特に令和五年は各地で深刻な災害が相次ぎ、秋田市中心部の竿燈まつり会場も直前に大水害に見舞われ「祭りどころじゃない」と誰しも落胆したんですが、水没をものともせず意気軒昂に開催に漕ぎつけた執念と奮闘は流石秋田、秋田竿燈。なにせ15ｍ、重さ50㎏もの大竿燈（大若）を軽々担ぐ男衆の町だ。五穀豊穣を願う縁起物や町の紋章が描かれた四十八張の提灯は黄金の稲穂。夕闇の中、二百八十竿が一斉に風になびき重さにしなる。ドッコイショー、ドッコイショ。肩で、腰で、掌で、額で受け止め、力四分に技六分で妙技を繰り出す。提灯を黄金に照らし、豊作を祈りながら短くなって町内に帰って来た蠟燭はスピード出産の象徴でして、竿燈は安産祈願。町内に子宝四十八人授かりますように。

第五場　盆休み

盆休み　嫁姑の　仲を持ち　（家庭事情によっては、　盆休み　実家の嫁も　里帰り）

明治生まれの父は丁稚上がり。若い頃から、いやそれ以前から鬼籍に入るまで生涯髪を伸ばしたことはないが、行きつけの床屋には毎月欠かさず通っていた。

藤山寛美でお馴染みの大店では丁稚の返事はいつも「へえ」。何を訊かれても「へえ」。土曜が青、日曜が赤というカレンダーがまだなかった江戸時代、丁稚どんは花魁と同じく買われた身の年季奉公。若旦那以外は皆横一線『いつかは手代、番頭はんに』の時代。丁稚（関東では小僧）には週末や勤労感謝の日なんぞ無縁。盆・正月しか休みはなかった。お仕着せの着物に手土産、僅かな小遣いを握りしめ里帰り。藪入りですわ。で、帰る里がない、帰れない小僧さんは浅草で芝居見物などを楽しむ束の間のお休み。「ならばこそ喜びも一入だったろう」とは、毎日が日曜日の御仁のお気楽さ。それでも、浪花の丁稚・江戸の小僧さんには、番頭になった暁には大店の婿に迎えられる、暖簾分けに与れるという明るい明日への夢がありました。

時代は移り、高給取り会社員、薄給の役所勤めさえ週休二日、祝日、盆・正月。何と百二十日も休めることになりまして。しかも出張という美味しい旅行が余禄に。旅費は会社持ち、秘書・接待付き。盆暮れには賞与まで頂けるとか。そんなことでこの国は大丈夫？と心配なんですがね、でもそんな好待遇に与れるのは上級国民限定の特典でして。格差社会、この国を支えてくれている中小・零細企業では大卒社員も最低生活がやっと。働けど働けど我が暮らし楽にならざり。お金じゃなく疲れが溜まる。恐る恐る「明日休ませて」などと小声で社長のご機嫌を伺えば「有給取るなら会社を辞めろ」と大声のパワハラパンチを浴びる。

今と昔、どちらが良かったものやら。「古き良き昔」と思いたくはないものの。

第六場　大文字

精霊に　分け隔てなく　五山送り火

　葵祭、時代祭、祇園祭と並び称される京都四大行事のひとつ。『大文字焼き』。誰もが知っているお盆の行事で、殊に有名なのが京都なんですが、京都での呼び名は『五山送り火』。「如意ケ嶽の大文字」が横綱格ですんで通称「大文字さん」。他の四山は、洛外では知る人ぞ知るといった役柄で計六か所。合わせて四文字（大・大・妙・法）に加えて船と鳥居の絵が松明の炎で描かれる。五山なのに六ケ所。字余りかいなあ？　実は、松ケ崎妙法は西山に「妙」、東山に「法」と一山に二文字焼く、いや描くんですわ。『五山送り火』、信仰心の厚さが滲み出る命名で、よろしおすなあ。

不思議なことに、彼岸に祖先の霊を送る荘厳にして、これほど大掛かりな炎の行事なのに、いつ頃始まったのか分からない。宮中の行事なら式部や納言が書き残したんでしょうが、盂蘭盆会や施餓鬼供養などと同じで下々の習俗。何せ字を書ける人がいなかった、らしい。そりゃあかんわ。平安、戦国、江戸時代、等々諸説入り乱れ侃々諤々。互いに一歩も譲らないんでございますが、今に記録が残るのは江戸時代から。兎も角、古から連綿と受け継がれて来たのは確か。それにしても、都を眼下に見下ろす山々に松明で大々的に火を着けるなんぞ危ないなんてぇもんじゃぁない、と誰しも思う。誰が思いついたのか、どうして出来たのか。「火付け盗賊改め方」は何をしとったんか。はげ山で樹が生えていなかったから出来た、という奇想天外な学説まで登場する程に、入れ替わり立ち代わり喧々囂々、にわか弁士諸君の大演説に終わりはないのであります。

ところで、小さな島国と云えども見渡せば意外に広いこの国。お盆の季節だけでも各地で育った独自の文化、祭がありまして。黒石、弘前のねぷた祭り、秋田の竿灯祭りなど、いい味を出しているんですが、中には二番煎じにしても残念なお盆行事もありましてね。

例えばある市の「いちのみや大文字焼き」。そもそもお盆の行事がなんで神社で？とも思えますが。それがですね、京都の大文字人気にあやかり昭和六十三年、百五十年ぶりに復活したんですと。仕掛け人、プロデューサーの苦労は並大抵のものじゃなかったでしょうに、松明の炎は、三十年と続かず、平成二十九年からは現代の文明の利器LEDを採用したんだとか。

信仰の火は最早焚かず、点火ならぬ点灯。自動車や懐中電灯の如くスイッチオンで「大」の字がパッと現れる。故人に想いを馳せるいとまは最早望めず。

こちらで焼くのは大文字じゃなく、手慣れた手つきのテキ屋さんが焼くお好み焼きに焼きそば、フランクフルト。町を挙げての地域おこしのご努力には頭が下がりますが、こうなってしまっては、精霊送りとは名ばかりの観光イベント。神仏・人の心とは無縁なことの（松明ならぬ）証明だと後ろ指を指されかねず。再考を願うばかりでございます。

九幕目　仲秋　長月

第一場　十六夜

いざよいや　浴衣単衣に　月明り

線状降水帯と真夏日連続最長記録に苛まれた令和六年。十六夜（いざよい）を目前に未だ仲秋とは呼び難い蒸し暑さは去りませんで、今日も甚平暮らしの酵母であります。せめて仲秋の名月の十五夜、十六夜は御粧しし、月を愛でたいものだと思わせる九月も半ば。それにしてもこの暑さ。秋の装いとはいかず浴衣姿を小粋に決めて？？

旧暦十五日が大概満月でして十五夜は満月の代名詞。中でも、空気が澄みススキやへそ餅が似合う八月十五日、新暦令和六年は九月十七日が仲秋の名月。一夜遅れの十六夜（いざよい、またの名をじゅうろくや）の月の出は十五夜より半時遅い。「いざよい」には昔「ためらい」の意味もありまして、お月様が出演を躊躇う様を思い浮かべ、泰然自若と待つのが作法かと、日本人らしく月の心を慮る。十七夜はこれまたお洒落に、またの名を「立待月」。農作業には月の明りが頼り。日没から一時（いっとき、凡そ一時間四十分）後に現れるまで好きな星座と話しながら月を待つ。何と風流で涼やかな命名なこと。

第二場　秋簾（あきすだれ）

陽も落ちぬ　どなたが住まいす　秋簾

近頃の住まいは電気だけが頼り。億ションなんぞガスも蚊取り線香も使えません。戸建て住宅までオール電化とやらが蔓延る始末。酷暑対策は電気仕掛け。部屋の暑さをガンガン道路に噴き出す。熱風を噴き掛けられるご近所の迷惑も「お互い様じゃ」と気にもせず。陽射しをサラッと受け流し涼風を招き入れる「よしず」や簾なんぞそもそも設計図にない。「風が爽やかに通り抜け、火のあるところ日本人あり。オール電化？　誰が住むものか」と三州瓦葺古民家のお師匠。安心しなはれ。「自然と共存共栄」が伝統的美学の日本でして、夏の風物詩はそこかしこに今も健在。

仲秋。漸く凌ぎ易くなり今宵は鈴虫の唄に誘われお散歩に。一段高く構えたお宅から三世代家族の笑い声が簾越しに漏れ聞こえて来る。茶の間でちゃぶ台を囲んでの一家団欒のご様子。食後に灯りを落とせば簾の竹ヒゴはテレビの走査線（松下電器の旧式?）。月光仮面やかぐや姫のお話をして欲しいと、お子たちは簾越しに上がる満月を待ちわびている。「暦では秋じゃけん」と早々に簾を畳むのでは季節の移ろいが唐突過ぎて詩心が涌かない。樹々が色付く秋らしい秋が訪れようとする頃までは秋簾が似合う。季節があってこそ季節を跨ぐ季語の「秋簾」が生まれ、夏の余韻と走りの秋を併せ詠めるというもの。漸く涼しく過ごし易くなり、簾に秋の風情を感じられるようになった今宵。秋簾を振り返りながら歳時記に書き留めようと家路を急ぐ酵母師匠。「おっつきさま、まあるいよ、ウサギさんがお餅つきしてる」。童の声が秋簾から漏れ聞こえ。

第三場　鷹の渡り

厳かに　鷹飛び立ちぬ　午の刻

午の刻とは正午のこと。江戸時代は一年中「明け六つ」に日が昇り、「暮れ六つ」に沈んだ。ドイツでは「えっ、いつ変わったの?! あたしに無断で」と慌てさせられたサマータイムよりずっと地球に忠実。照明のない江戸時代、お日さまが出ている内は働く。日が落ちて「お疲れ」と親方のお許しが出る暮れ六つには夏も冬も闇が迫り。もうテニスは出来ません。せいぜい一杯引っかけて二八そばを啜って長屋に帰り、布団にもぐるだけだった。飲ん兵を傍目に下戸には奥がお待ちかね。こちらの方がきっと幸せな江戸庶民でしたでしょうねえ。

さて、ある秋の午の刻。ウシではありません、ウマの刻のお噺はと申しますと、そうです。鷹の渡り。雨の降った翌日、翌々日の晴れた日、明るいうちに秋空に飛び立ち南方の楽園へ。鳥だからといって酉（トリ）の刻に飛び立つ訳じゃぁありません。酉は暮れ六つ。闇夜は鳥目に辛いから？（渡り鳥さんは何故か夜間飛行も得意ですが）。「渡りに船」の上昇気流は風が山や急崖に当たって起こる。鷹さんは合点承知の物理法則。入り乱れた低山の一角、椿山に寝転びながらのんびり空を見上げている自称川柳作家、酵母師匠の正午。突然、目前遠からず一羽のサシバが、鷹の一種ですが、精一杯羽を広げ、大きな円を描きながら一気に天に昇る。待ってました!! 幾羽ものサシバが続き、群れを成して先ずは西南西約百キロの伊良湖岬の寄合所に向かい、更に佐多岬に渡るんだと。大型でも鳥は鳥。時速４０㎞、ノンストップで１２時間、一日４８０㎞も飛んで行けるなんて信じ難し。方角はどうして判る？ いつ食べて、眠るの？ それにインドネシアの森深くでやっと越冬できるんですって。でもそこは常夏の島。食べ物豊富。なのにわざわざ日本に渡って来てくれるのはどうして？ 不思議なことばかり。

リーン、リーン。☎「はい、こども電話相談室です」。

第四場　松茸

人波や　丹波山には　松茸出てさ

ウイン・ウインの関係って羨ましいですよね。昨今、世襲のボンボン・御令嬢の辞書には「両手でにぎにぎすること」とある。それもウイン・ウインて言うんかしん？松茸はんは樹齢25歳以上の赤松さんと相思相愛。松茸は赤松の根っこから糖分を貰う。赤松は、松茸が土から吸い上げたリンやカリウム、水分を頂く正真正銘のウイン・ウイン、共存共栄の間柄。それに引き換え、椎茸などは腐朽菌と呼ばれるだけあって腐った木が好物。ほだ木などの朽ちた木に取り付いてチューチュー吸う。朽ちていれば何でもよく、手当たり次第（チト言い過ぎか？）。ほだ木にお返しは？　手元不如意でして。でも、おサルさんや人間様にはようしてくれはります。椎茸はん、おおきに。

香り松茸、味しめじと申しまして、高貴な香りが漂う松茸は美人薄命、虚弱体質でして、美味しく育つには松林の手入れを欠かせない。腐植土が増えて栄養をチト余分に取り過ぎただけで、もうダメ。松茸はんがメタボになれば農家、八百屋、数多のキノコファンまで八方幸せになれるんですがね、松茸はんのポリシーはダイエット。低栄養で質素な生活が好きと疎開してしもうて。そもそも生まれながらにして去年は去年、今年は今年。神出鬼没でして、農学部のお歴々が生態、生えてる様子を見分しようと里山に入っても見つからない。生態が分からないんじゃぁ夢の人工栽培の道が開ける訳はない。先生の本音は、実験の時の余り物で松茸会を開き一杯やりたいところなれど、ない袖は振れない。そうこうしている内に有名かつ高級な丹波産ばかりか松茸一族は日本全国から姿を晦ましてしまう。時節には八百屋さんの店先に見目麗しく国産（らしい）松茸がザルに鎮座するものの、鰻と同じで香りが客を引き寄せても仄かな匂いを嗅いで満足し通り過ぎ、八百屋さんは自家消費。税務署には定価の７０％で売れたことにされる悲劇が待っている。ところがです。朝鮮・中国・ロシアには松茸の仇の腐植土がいないらしくニョキニョキ生えて来る。なのにヨーロッパでは数の子と同じで食さない。あの和風食感・香りに馴染めないらしい。てな訳で海を渡って松茸愛好国日本に集団就職、インバウンドして来る。とは言え「形松茸、味椎茸」と嘆きたくなる代物が多いらしい。居酒屋の松茸土瓶蒸しに浮かぶは、紙より薄いコリアン松茸ミダ。香り立つのは永谷園の御助力か。そんな松茸ミダにさえもありつけない酵母たち下々を慰めるためにも、かの国では松茸犬を大勢調教して「ここ掘れわんわん」、もっと沢山、お安く日本に送って欲しいわねえ。さように松茸は秋の高級食材代表。その純粋な芳香と食感を味わうには、実は七輪で炙りながらむしって食べるのが一番。料亭ですと普通は調理場で炙り、あるいは土瓶で蒸すんだそうで。なので上流食客は松茸の最良の芳香にありつけない。銘々膳の小脇に七輪（小型なら三輪か？）を据え客人自ら炙れれば至福のひと時、一生の思い出。松茸が上流階級御用達の横綱ならば、松茸とは真逆で下々に愛されるクサヤ。伊豆諸島名産ムロアジなどを濁り汁に漬け乾燥させたクサヤは序二段のまま幕下に上がれず仕舞い。しかし有難くも、悶絶する程のクサヤ香は嗅ぎたくない御仁にまで分け隔てなく行き届く。

とある県の県庁本館で、ある晩事件が起きた。職員が夜食にクサヤを焼いたところ県議会議員室までも芳香が充満する羽目に。先生にどっちかられた職員がいた。松茸だったなら先生が一升瓶下げて見え、七輪を囲み歓談出来たのに、悔いが、いや匂いが残る。（どっちかる＝静岡弁）

第五場　敬老の日

また逃げた　敬老の日の　亀饅頭

一月一日は元日。勿論祝日。「今年は日曜日なので翌日を元日にする」なんてことないですわ。東京オリンピック開会式の感動的入場行進は十月十日。その日だからこその歴史に因んでの祝日。それが今や三連休づくりのピースになり下がり。

昭和二十二年。兵庫県多可郡野間谷村村長、門脇正夫さんが「老人を大切にしお年寄りの知恵を借りて村づくりをしようじゃないか。元正天皇（※）が元号を養老と改めて全国の高齢者が賜品を賜ったと伝えられる九月十五日を『としよりの日』と呼ぶことにすまい」と「敬老会」を開催したのが元祖。全国に広まって、遂には昭和四十一年国民の祝日「敬老の日」が誕生。かように先達の先見の明と尽力が実った由緒ある祝日なのに、なんと平成十五年、住所不定、いや日時不定の九月第三月曜日が「敬老の日」にされてしまった。敬老の日の祝日は、爺ちゃん婆ちゃんに留守番させて三連休で旅行に出かけるための踏み台の一日になるは必定。門脇村長さん、元正天皇※に合わす顔がない。苦し紛れに総務相さん説明するに「今後は十五日を老人問題を考える『老人の日』と呼んで、敬う日とダブルで老人を大事にします」だって!? 誰が考えて誰が敬うっちゅうの。息子夫婦は温泉に浸かり、敬ってもらえるのは政治家の老ボスだけよねえ。ところで「敬老の日」を祝う敬老会のお招きはかつては還暦の六十歳、昨今七十五歳。団塊の世代をさんざん待たせた挙句、またもや順延。亀饅頭を賜れない。祝われていないことの分かる身の辛さよ。

※：元正（げんしょう）天皇　在位七一五年〜七二四年

第六場　コスモス

案山子《あんざんし》　撫子に染め　秋桜《あきざくら》

蓮華と菜の花の絨毯は近郊に春の息吹を感じさせる紅と黄色の共演。

秋には田畑に何反歩ものコスモスがそよぐ音色に心安らいだ戦後。貧しくも美しい昭和でした。明治時代に中南米から渡来した薄紅色の、何気ない儚なさが心情を揺さぶるこの花の和名は秋桜。秋なのに華やぐ情緒溢れる名付けですわ。さだまさし作詞・作曲、歌手山口百恵。歌い継がれる名曲は『秋桜』。「淡紅のコスモスが秋の日の何気ない陽溜りに揺れている」涙を誘う日本の詩とメロディー。ラテン語由来のcosmosは宇宙と訳しますが、花弁が整然と並んでいる姿から星座を連想したんだとか。大袈裟ぶりに感服。流石西洋、大物の名付け親がおられたんですねえ。稲刈り後の田圃や休耕田で広々と栽培する秋桜なんですが、刈らないで土壌に混ぜて耕せば緑肥が出来ると云いますんで、心和む優しい秋を演じながら農家にも優しい。

そして節目の季節の真っ只中に咲く花、彼岸花、またの名は瀟瀟に曼殊沙華。川端や畔、墓地に植えられる仏教と関わりの深い花でして、太陽が真西の西方浄土に沈む一週間に咲き誇る。陰暦の時代お彼岸は八月だったんですが、太陽暦になり、今年は九月二十二日が彼岸の中日。彼岸の方角、お日様の道は太古から変わらず、開花がひと月遅れたんではありません。ご先祖様を敬う気持ちも同じ。余談になりますが、陰暦で閏月があった年の一年は十三か月。でも月給は十二回だけの古き良き時代。

彼岸花　一斉開花

十幕目　晩秋　神無月

第一場　稲刈り・新米

稲木結い　数多の苦労　束ね掛け

晩秋、稲刈りが終わり待ちに待った新米の季節。ご飯に纏わるお噺を一席。

岩手県では立ち棒に稲穂を達磨形に吊るし乾燥させる。「稲穂達磨」と名乗りたいところですが、くまモン、フジッピー風の可愛い名では米泥棒に睨みが効かないんで、強面の名前で「その名を穂仁王（ほんにょ）と発します」稲穂の仁王様。穂は後日、浅草寺雷門仁王様の草鞋にご提供。穂仁王の名は地域限定。全国的には稲架掛け（はさかけ）。サザエさんにもよく登場する背高の物干し竿にも似た幾本もの横棒に、緞帳の様に一列に広げて掛ける。ここで二週間ほど心地よく天日に当たる内に水分が半分飛び、賞味期限は数年に延長。しかも重力の法則で一番下にぶら下がる米粒一同に栄養が届き旨味が増すのは穂仁王・稲架掛けならでは。こうした工夫と手間をかけたお米は美味しく保存が効き栄養満点、穀物の王様。今時はそこまで拘れずに電気乾燥が普及してしまいましたが、それでもご飯は美味しい。ところが敗戦後米国に騙されてパン・パスタに押され、それが文化人などと錯覚している向きが瑞穂の国でさえ増殖しまして。しかし、ありゃいけまへん。なんせ脂肪だらけの朝食になるよってに。米国（アメリカ）が儲かるだけですわ。ならば、パンがなかった江戸時代は健康だった？　人口の八割いました農民は赤貧・健康生活でして、ひと掴みの米以外は雑穀の「かて飯」。ビタミン豊富。収穫した米の半分は年貢に取られる酷税ながら、幸い、蛋白源の大豆・川魚は年貢要らずで身近にある。片や百万都市江戸では一日三合、一年で百升（だから百姓と云う？）、即ち一石食べる計算。職人に至ってはご飯を一日五合平らげたそうな。完全に胃拡張。ところが、きれいに精米されてしまいビタミンＢ１がお米から根こそぎ奪われた白いご飯。おかずは殆ど漬物。「江戸患い」という洒落た名前を頂いた脚気でばたばた倒れた。今日日、肉・魚、おかず率がグンと上がったし、脚気？　何だっけ？　の時代。しかもコシヒカリの新米が一人一日百円。美味しくて飽きない代表格の食材にしてコスパ最強。お米購入額日本一。魚沼信者が多数派の県でのこと。県庁の農業部門に農業とは縁も所縁もない職員が一枚の辞令で転勤して来た。そして突然「全国お米祭り」をやるまいかと大アドバルーンを上げた。米離れが進み食料自給自足・健康と農業文化が危うい、米を見直す仕掛け作りだ。それには祭りだ!!　との気合。突拍子もなく前例もない。眉唾物と撥ねられそうなものだが、作る人から食べる人、関係団体・博物館などみんなの手が上がった。国連さんまで賛同しフランス人が講演を「マカショー」と胸を張る。秋空の下の三日間、六万人の入場者で大賑わい。「ミスおにぎりコンテスト」は女性の猛反対で海の藻屑になったものの「魚沼を越えまい!!」と大風呂敷を広げたガチンコ勝負『お米日本一コンテスト』はその後毎年全国農家の目標になり、お米が一段と美味しくなった。給食もご飯が主流に。今や再び、国民挙ってご飯のある幸せを噛み締め。

第二場　伊勢御遷宮

たふとさに　皆押しあひぬ　御遷宮　　芭蕉

お伊勢さんのお題ですから格式高く、芭蕉の句を拝借いたしまして。

神無月は出雲では神在月。八百万の神が出雲大社の大広間に集まり大国主命の御前で縁結びを議題に神議（かむぎ）が開かれる。結婚希望者カードなどを持ち寄って縁組を進める明るい情報交換会でして。なにせ八百万の神がお集まりになるんですよ。さぞや姦しいことでしょう。ところが、出雲大社神議に出席されない神様が御一方お見えになる。伊勢神宮内宮に御座す皇祖神、八百万の神に敬われる天照大御神。皇室関係の慶事から天下泰平まで司っておられ、下々の縁結びまではなかなか手が回りません。が、皆様の諸々のご要望は別宮の方で受け賜わります。

そのお伊勢さんの大祭典こそ千三百年の伝統と格式を誇る伊勢御遷宮。正式には神宮式年遷宮と称しまして、きちっと二十年に一度、十月に百余の儀式が行われ、正宮（内宮・外宮）の正殿二棟、別宮全十四社殿を建て替え、神座が遷され、他に夥しい殿舎、装束神宝、なんとなんと、宇治橋などまで造り替えられる。この遷宮の為に５５００haもある宮域林から一万本もの檜が取り寄せられる。流石、大神宮さん。これほど格式高く大がかりな事業が出来るんは、世界でもお伊勢さん、ただ一社だけですわ。

第六十三回御遷宮は令和十五年。「皆押しあひぬ」お伊勢参りを是非ご一緒に。道すがら各地に御座す八百万の神、東海道筋からでしたら秋葉神社、熱田神宮にも是非ご参拝を。

さて、天上人ではない下々のお祭りと云えば収穫祭。「郷土に御座す神様のおかげ」なのにですよ、ご参拝もそこそこに神輿を担いで飛び出す。山車を引き回す。踊り明かす。私の見立てでは収穫祭という祭りは世界中どこもこんな風に歓喜の渦。ドイツの村などワインの女王まで登場する。ミスコンですわ。宗教色なしのお祭りは飛び込み参加したくなってしまう程オープンな雰囲気。ところがどっこい、怖い祭りもちらほら。

古代ケルト人の収穫祭。ついでに悪霊を払うんだそうでして。その名もハロウィン。大通りをかぼちゃのお化けや悪霊風の面々が、悪霊を追い払えと練り歩く。どちらが良い人？　悪い人？　悪霊はあんたでしょ。恐ろしいことに、日本列島に一度も来たことがないケルト人の悪霊退治に近頃は日本の青年男女まで参列。「ケルト人、誰それ？」と、歴史なんぞお構いなしの「学なしアメリカかぶれ」が渋谷交差点を席巻し、「日本文化は地に堕ちたなどと嘆き物申すは時代遅れ」だとな。おいおい、ケルト人所縁のハロウィンかぶれ、二千年遅れが何ぬかすねん。

真逆は明るい日本の秋祭り、みんなが幸せになる。粋な法被姿で楽しむ秋の味。嬉しいねえ。

こちらは瑞穂の国。お米の収穫祭で一番尊いお方は天照大御神。稲作に欠かせない太陽の神にして日本全国の総氏神。旧暦九月十七日。新暦十月十七日、伊勢神宮でこの年初めて採れた穀物を天照大御神に奉納し五穀豊穣に感謝する神嘗祭（かんなめさい）が執り行われる。垂仁天皇（※）が創建された伊勢神宮にて四世紀から千六百年以上続く神事なんですが神様のご親類筋の他に縁がありませんで、国民の間での知名度はいまひとつ。

下々に馴染み深いのは新嘗祭。十一月二十三日に皇居を始め全国の神社で天神地祇（ちぎ）に新穀を供え、神々からの贈物として天皇自ら穀物を頂く習わし。太陽の恵みを天照大御神に、更には津々浦々に御座す八百万の神々に奉納する。そして勿論、ご隠居からご両親、一日遅れではありますが、「いい夫婦」の日頃の地道な働きにも手を合わせ、挙って感謝を捧げる実りの日。

※：垂仁天皇（すいにんてんのう）

第三場　新酒（新走り）

蛇の目猪口　列を為したり　新走り

造り酒屋さんの蔵前に今年の杉玉（酒林：さかばやし）が吊るされた。待っていました今年の新酒。搾りたて生酒にゐの一番に有り付こうと日本酒党員達の足取りは軽い。仕込みから四、五十日、蔵自慢の杜氏さんと、（あたしのことじゃございませんが）酵母さんのコラボで醸した賜物を神棚に供え、柏手を打ち杯を翳す。

昔、東京日本橋三丁目に「灘コロンビア」という名居酒屋があった。大将の新井さんならでは、天下一品の泡立ちを生むビールサーバーの脇に「灘」を燗付けするちろりが並んでいた。「灘の生一本」。灘で生まれた生粋の混じり気のない酒。剣菱、菊正宗など灘五郷酒造組合の自社製造純米酒。大分昔になりますが「あたしゃ剣菱しか飲まない」のが自慢の酒道楽がいたわねえ。必ずしも生一本ばかりではなく桶買いが比較的多かった所為で評判を落とした時代がありましたが、ビールや洋酒に席巻され経営が苦しかった頃、地方小蔵元の少なからずは桶買いで支えられ苦境を乗り越えられたのも確か。そもそも自動車だって今や中国からの桶買いのようなものじゃないか。旨い酒とは？　気候、世代、味覚も人それぞれでして難問中の難問。例えば越の寒梅。「真水の様」と誰もが認める極上酒。〆針鶴、雪中梅と共に越後の御三家と謳われる。拙宅に友人が越乃寒梅を持参し新年会。常備の地酒と飲み比べ言うに「自分で言うのも可笑しいんだけど藤枝の酒の方が好きだな」。亭主は双方お気に入り。知名度を飲む訳じゃないんだから。そもそも嗜好品。勝ち負けなんてない。「旨いなあ」と杯も箸も進む。それでいいじゃないか。酒場探訪で名高い太田和彦先生が東京の居酒屋を訪れた折、喜久酔（きくよい）普通酒の燗を「めちゃくちゃ旨い」と。蔵元から目と鼻の先に住まう酵母はその一言にめちゃくちゃ感激。普通に造れば普通に旨い。

一方、日本一の居酒屋とその名も知られた名古屋の大甚本店は加茂鶴、菊正宗。二合徳利に燗を付けてもらい、土間の大テーブルに素っ気なく並べられたお惣菜の小皿を幾皿か手に取る。尾張の醤油・味噌醸造文化をアテに飲むと、普段は敬遠している大メーカーの酒なのに「大将、もう一本!!」。先入観は人生に禁物ですな。それに、時代は変わる。三十年ほど前、日本に地ビールが登場し、選ぶのに悩むほど多彩になって「ビール・命」の御仁に幸せがやって来た。時を同じゅうして日本酒事情も様変わり。全国津々浦々の小規模蔵元がそれぞれの名で世に出る、誇り高き時代がやって来た。背伸びせんでも地元で捌けてしまい広告費は不要。その分を、利益と給料、それに品質管理・向上に当てられる。地酒文化は蔵元・職人・飲み手の「三方よし」。

さて、新酒に纏わる暦のお噺を。十月一日は「日本酒の日」。日本酒造組合が昭和五十三年に制定。広辞苑やお寺の御詳歴には載っておりませんが左党の善男善女にとってはとても大切な日。酒造りが始まる月であり、一方では「新走り」と申しましょうか、新酒一番手を待ち焦がれた左党にお届けできる月でもある。米麹の芳香を帯びた気泡がプツプツと水面で爆ぜ鼻腔に心地よい新酒、生酒、生原酒。この季節だけでっせ。新酒ならでは、澄み切った甘味・酸味・苦味が飛ばない内に飲み干してくださいよ!!

呑人に説法無用。もう空ですもん。今宵は杉玉を仰ぎ、生気みなぎる「新走り」で、　乾杯!!

第四場　秋刀魚

七輪に　寝惚け眼の　秋刀魚かな

「目黒のサンマ」。目黒はサンマの代名詞。で、あたしは「秋刀魚の目は黒いからね」と知ってか知らずか気にもかけずの小噺作家。たまには落語の勉強をして欲しいもんですが。それにしても、今やタワマンが建ち並ぶ目黒に、七輪で秋刀魚を焼く風情は影もなく寂しい限り。

江戸時代、ある殿様が鷹狩りのため目黒にお成りになった折、脂滴る秋刀魚を初めて召し上がり、どえりゃぁ気に入られてよ、（共通語では、どえらい気に入られ）、後日、河岸からお屋敷に取り寄せた。品よく蒸され、お毒見を二回もパスした秋刀魚がお膳に。脂も骨もお焦げも無けりゃあ味もそっけない。「秋刀魚は目黒に限る」と仰せになった、と古くは三代目金馬師匠。

御城下には粋と気っ風の江戸っ子。初物に弱く初夏は初ガツオ。六代目円生の髪結新三の噺では三分二朱、凡そ七万円。そんな風で宵越しの銭は持たない。世評を信じ易く騙され易い。戻りガツオの方が脂が乗って旨いなどとは思いもしない。

「蕎麦は縁起がいいね、はじめツルツル（鶴鶴）終わり噛め噛め（亀亀）」とか言われまして。秋には秋で、新蕎麦はつゆに殆ど浸さずツルッと啜り香りを愛でるのが通。流石、通の技!! と誉めそやされては後に引けず。そんな通人・粋に生きて来た信念の人も今やご隠居。「一度でいいから汁にたっぷり浸して食べたかった」が辞世の句ではあまりに哀れ。そんな江戸っ子も「初サンマ」には心躍らない。旬とは云え「走り」の秋刀魚は如何せん痩せぎす。「名残」では皺が寄る。脂が乗る晩秋、体脂肪大盛の「盛り」が絶品。あら塩を振り、プシューッと炙り、焼き網を裏返す。立ち込める目黒の煙と炭の香り。黒焦げ秋刀魚も一皮剥けば北の白身、親潮育ちの秋の味覚。

第五場　芋煮会

まっとけろ　古里挙げて　芋煮会

「すき焼きって牛肉でもやるんだってねえ」三河は鶏文化。名古屋コーチンを筆頭に有名鶏肉ブランドが目白押し。でも全国的には牛肉なんですよ。お安いカナダ産の三枚肉でも本物の牛脂を鍋底に擦り込めば松坂牛に負けません。

仙台は牛タンの町で知られますが、何故か芋煮会は豚肉でみそ仕立て。庄内も同じく。でも山形の主流は大勢住んでいる牛さん。晩秋の最上川上流、馬見ヶ崎川河川敷。日本一の芋煮会フェスティバルの圧巻、三代目鍋太郎が目の前に聳え立っている。鍋の直径6．5ｍですわ。ひと鍋で五頭が五右衛門になる。ご愁傷様。三万食の大鍋を二十万人が囲むと。計算はよう分からんのですが、「日本一」の宣伝文句に偽りはなし。

そんな大掛かりであってもなくても、最上川でも阿武隈川でも、豚でも牛でも芋煮会はやはり芋煮会。里の秋、江戸時代にひとりでに始まった河原の年中行事。鍋の主役は何をさておき里芋。肉・蒟蒻・キノコ・牛蒡・ネギ達は肌を寄せ合い脇役に徹するんですが、それぞれの持ち味はしっかり残してこれぞ山形芋煮会。山形の人のぬくとい（温かい）郷土料理。だからこそあたしは想う。芋煮会は家族、仲間の集まりが一押しじゃわ。鍋太郎に会いに、郷土料理に舌鼓を打ちに大勢さん集まる仕掛けも故郷のＰＲ、若者のＵターンに繋がりゃ喜ばしいんではありますが、大東京のイベントの真似せんでええ。

「ふるさとさん」ちの鍋はその名も「鍋次郎」。「鍋次郎」を囲み芋も肉も会話も弾む。「うめがら、まっとけろ（旨いからもっと頂戴）」。里の衆も牛さんもニコニコしている。

第六場　林檎（りんご）

赤リンゴ　袖で艶出し　インターシティ

神無月。神様は氏子さん宅ご子息の見合い写真を携え出雲に出張中でありまして、神の居ぬ間の食道楽。という訳で十月のお題はお伊勢さんご遷宮の他は皆食べ物・飲み物。根が呑兵衛の食道楽にして料理好き。先日、中国天津出身の留学生に自慢の腕を振るい天津飯をご馳走したところ「天津飯？　天津にないよ。誰も知らない」とのお言葉。それにもめげず、今日も眉唾物の中華料理教本を捲っている。

昔々、東京や静岡で買える青森リンゴはいつもパサパサで、摩り下ろしジュースでさえ喉に閊えたもんだった。青森の農業青年たちが「こったらにうめぇ林檎が東京さなんで売れねのが？」と業を煮やして上京し、一口齧って「こいだば売れね」と呟いたとか。青森駅前の青空市の林檎は当時から蜜の味。信州りんごもそう。木から落ちた林檎の方がデパ地下のよりも旨い。嘘のようなホントの噺。昨今はフレッシュな蜜入りリンゴが店先に並ぶようになりましてね、ドイツ人が腰を抜かす値段でも飛ぶように売れる。流石東京の上級国民。でも品切れの心配はご無用。林檎は、売れても売れても次々に店頭に並ぶ打ち出の小槌。なにせ林檎は一本の木に三百～五百、低い木でも百個鈴生りですわ。枝さんは重くて悲鳴を上げますがそれも運命。そんな枝さんの苦労が実った林檎。日本のご家庭では兎さんの耳を立てて見た目も麗しく剥きますよね。ウサギも旨いがリンゴも負けずに旨い。実りの秋。お宅はリンゴ派？　ミカン派？

北ドイツにおりますと「果物と云えばリンゴでしょ」でして。最果ての国。みかんは二年間暮らしていて一つも見かけなかったほどにリンゴの国。金曜日の大学食堂には紅玉が山積みになっていましてね、デザートに無料でご提供。おかげで女学生に大人気のデザートコーナーは本日開店休業の金曜日。小ぶりではありますが何か得した気分。あたしもひとつ。産地ならではの瑞々しさとどっしり感。見回すと、誰も彼も林檎の皮は洗わず剥かず、其処彼処でバリバリと。

実は当時、小噺修行の傍ら（？）大学で地理学を勉強しておりましてね、数百人からの小さな村々が元気で美しいのは何故だろう、地域づくりの参考にしたいなどと柄にもなく殊勝な想いから度々農村、漁村を見学に出掛けたんです。電車もバスも学生証を見せるだけでロハの大バーゲン、日本の国立大学の十分の一の授業料を払えば州内の公共交通機関は全て無料なんですからねえ、ご利用、ご利用!!　という意欲的地理学徒。地ビールの楽しみは悲しいことに有料ですが。

そして、ある日の調査探訪の折、偶々、特急電車のインターシティ二等車で同席した女子大生、紅玉を袖で擦って洗ったつもり。メンザ（大学食堂）の女子大生達と同じく皮ごと齧り付く。種まで食べちゃう勢いですわ。それともドイツの林檎は種無し林檎？？　西瓜じゃあるまいしねえ。種でもひょっとして？　種明かしは後日また。

十二幕目　初冬　霜月

第一場　紅葉狩り

古都古刹　袈裟をも染めし　床もみじ

紅葉前線は列島を南下するのが常。でも見頃は年により気紛れと来ては、紅葉狩りの日取りには毎年悩まされます。その点、紅が際立つ楓が全国各地から集められた京の都はその年の気温がどうあれ旅行者を裏切りまへん。こちらはまだ黄金色でもあちらは深紅によう染まり、十一月中下旬の紅に染まる景観・お庭は流石古都、京の都。御所を囲む碁盤の目の中心街から里山・山岳地まで色とりどりの選り取り見取り。さほど広うない古都に二千五百もの神社仏閣が、歴史・格式から紅葉まで競い合っておるんやから、清水の舞台や東福寺回廊から錦に染まったお庭を見下ろすもよし、嵐山散策や保津川下りで見上げる山モミジもよろし。でも、うちには壮大な景観や千本の紅葉よりも天台宗寺門派実相院門跡に惹かれるんは歳ん為せる技やけかしら。あるいは、小さな秋を切り取りたいんが川柳愛好家ん性分かも知れまへん。

なにせ、夕日を浴びた紅葉は、左右に広く開かれた襖とにじり出た庇の助けを借りて黄金比の光の束になって広間に押し寄せます。ほして、磨き上げられた広間の床を錦に染めて輝きます。これぞ「床もみじ」と息を飲み、立ち尽くすほどん絶景に「錦秋に心満たされ世事を忘れ、参拝者の喧騒さえも心地よい和音に聞こえますわ」と、俗人代表のあたしでさえも暫し無我の境地に至る（気になれる）んですわ。

実相院はんとは趣を異にしはるんどすけど、比叡の瑠璃光院大広間の広縁近うに初夏と晩秋の主役、黒塗りのお膳が据えられておりましてね、この「膳もみじ」が、大広間を染め尽くす「床もみじ」からお庭の借景まで従えてのセミパノラマ。叡山の麓、交通辺鄙なんに引きも切らさず拝観者が押し寄せます。元々は別荘どしたし、お寺の造りとは違うて建築様式からお庭まで柔和な「和のおもてなし」で迎えてくれます。そんな風情から、帰り際にはもう、是非また初夏に、晩秋に訪れたいという気持ちになっています。（本当はもっと床紅葉に浸かっといたいうちどすけど）

真言宗醍醐派総本山醍醐寺も京都を代表する寺院のひとつ、弘法大師所縁の名刹。なのに、むしろ豊臣秀吉の「醍醐の花見」の逸話で知られ、テレビでこちらの夜桜が実況中継されますさかい、お観にならはったことおますか？　日本人離れした女性が和服姿で出演しますわ。そんな昨今の世相はともかく、西暦九五一年建立の五重の塔は京で一番古い建物という格式高いお寺。ソメイヨシノ満開の頃にはライトアップされたお庭がテレビでクローズアップされ、秋には「鏡張り」

の池が人々を紅葉の古刹に招きます。特に夜間特別拝観期間中は朱塗り欄干の弁天堂を臥竜点睛に見立て、水面は紅の鏡に化身したかのよう。誰もが幻の世界に紛れ込んでしまいますし、白龍になるんもよし。庄屋はんヶ美し娘になるんもよろし。

そんな、京の名刹・名園に限りませんで、地方下々代表と称されるわが茅屋でも、客間南の老カエデが広いお膳を初夏は新緑、晩秋は錦に染め、陽が沈むまで観て見飽きない。亭主は昼時から、我が茅屋風「膳もみじ」の片隅に、八寸を盆に配して淡麗辛口の地酒に舌鼓を打つ。紅葉の初冬。古都の錦を味わうもよし。客間にひとり陣取っての紅葉狩りもまた、他に代え難し。

第二場　恵比寿講

後継ぎを　熊手に託し　恵比寿講

昭和三十年代半ばの高度成長が始まった時分。両親共に木工所の日給勤め、働き詰めの家庭では、折詰なんぞにありつけるのは年に一度だけ。おいべっさん、商売繁盛がモットーの西宮神社恵比寿講の晩。この日、零細企業では社長さん以下従業員一同お参りし、お決りの土産は折詰。鯛めしは社長さん。工員は白いご飯。「ご無タイな」。でもたい焼き以外に鯛を知らない長屋の子は、たとえ短く細くてもエビフリャーの帰りを待ちかねたもんです。

恵比寿様は神無月にも出雲に出張せず在宅勤務の地域密着型。特に老舗の御主人にとって切実な願いは昔から後継ぎと人材。人手不足には恵比寿講縁起熊手。恵比寿さまが大熊手で金運もご一緒に集めてくださる。勿論、社長さんから日雇い職工まで一同の信心とお賽銭も集まる次第で。

西宮神社のライバル鷲神社（おとりさま）も縁起物と云えば熊手。十一月の酉の日、子の刻、午前零時きっかりに酉の市の一番太鼓が鳴り、下町の社長さんたちが殺到するのは、千束三丁目の「おとりさま」。ある年の丁度その晩、酵母師匠は千束にほど近い年季入りのビアバーで杯を重ねておりました。生粋の浅草育ちの女将にカウンター越し「今宵はお酉様」と参拝を勧められては、しんしんと冷え込む路地を一番太鼓聞きたさに境内へ。大小熊手が天高く所狭しと整列して社長さん方を手招きし、丁々発止の江戸弁が行き交い、商談成立の三本締めが表通りにまで響き渡る。熊手から三本締めまで恵比寿講と瓜二つ。おとりさまの天日鷲神（てんのひわしのかみ）は紙と織物、恵比寿様は大漁の神様。担当地域だけでなく業界棲み分けで仲睦まじく。

ところで、昨今節分に顔を出すのが、恵の字繋がりで恵比寿様の遠縁に見せかける恵方巻。超市から便利店※まで予約受付ポスターが所狭しと並ぶ節分。関西風太巻きのオバケ。江戸前のお寿司屋さんにまで侵攻して来たもののどこか胡散臭く、信心には程遠い代物だし買うたことはない。やはり、我家だけではないらしく、恵比寿様・おとり様ともに「頬張りとうあらしまへん」とな。

※　超市：スーパー　　便利店：コンビニ

第三場　花柊

花柊闻美白　柄長组飞来这里　快飞去哪里　（中国語風に遊んでみました）

冬に向かう秋風に乗って町の其処彼処を包んでしまう金木犀の香り。暖かく、雪が積もったのは三十年も昔という程に冬がない静岡でも「秋も終わりや」と皆さん感傷的になる端境期。そんな芳香の刺激に痺れる金木犀の花が十一月に入り散るのを待って玄関アプローチの柊が人知れず咲き始めるんですが、繊細な白い花は厚い葉に隠れて優美な姿態を現わさない。家人が開花に気付くのは、花柊の淡く甘い微香が朝露の冷え込みで玄関先にしっとりと漂って来る朝方。そこにエナガ一行が香りに誘惑され「シャシャッ」と飛来。颯爽と柊の脇を掠めて、お隣の楓に飛び込む。楓はまだ色付き始め。楓を止まり木にするには時期尚早。「残念」と言い残す間もなく、羽根早に東へ飛び去ってしまう。普段は小鳥たちに縁遠い庵主も「エナガ羽ばたき、客間に香りを届けるがごとし」と、障子を幅広に開き花柊の香りを導き入れる。程なく客間を床もみじ・膳もみじで飾ってくれる楓の葉たちは皆まだ名残の緑。今はただ、花柊の真白く澄んだ香りとエナガ飛来・飛去の風雅に浸っている。そんな、丘の上の朝。穏やかな初冬。

ところで、花柊は優雅なだけじゃありません。柊の葉は鋭い棘で鬼・邪気を払い福を呼ぶと言い伝えられておりまして。庵主殿、今年の節分は柊鰯（ひいらぎいわし）、鰯のお頭を刺した柊の枝を玄関に刺したところ霊験あらたか。精進の甲斐もあって念願が叶い、間もなく跡取りにお嫁さんを迎える。他に何の願いごとがありましょうか。

第四場　銀杏（ぎんなん）

銀杏の　玉砂利染めし　古参道

日毎に冷え込みが増し朝霧に包まれた今朝の境内。ギンナンが降り積もり、飛び石の輪郭が失われた参道をお社に向かう酵母師匠。滑りかかったその拍子に「銀杏はどう読むべきか？」などと柄にもなくスマホを取り出し国語の勉強。漢和辞典お呼びでない軽い時代も重宝。思い起こせば「同じ字なのに読み方が色々あるから日语很难（日本語、難しい）」と中国人院生がぼやいていましたが、日本に生まれ云十年この方のあたしでさえ未だ道半ば。それにしても「銀杏」。イチョウでありギンナンでもある。しかも、樹の方はギンキョウとも読めるそうでしてね、益々ややこしく「もう悩ませないで、頂戴!!」（名古屋の偉人、財津一郎）と叫びたいほど。ところで何故ギンナンは「銀」なの？　秋は黄金色、でしょ？　お答えしましょう。銀杏には水銀のように毒がある。金にはないずら？　従って銀に決まっとる。これはあたしの思い付きでして対不起（どうも、すいません！）でも、食べるにはしっかり毒抜きしてくださいましょ。

銀杏（イチョウ）の大木は神社仏閣のシンボル。この季節、子供の頃よく銀杏（ギンナン）拾いに通いましたわ。イチョウが黄金色に煌くその下の掃き清められた石段と敷き詰められた玉砂利は銀杏（ギンナン）色に染まっている。籠にコラショと詰め帰り、水没二週間。種を取り出し四日間乾燥。炒って殻割り。やっとこさ生銀杏に辿り着く。その手間があってこそ初冬の香味、食感が楽しめるというもの。茶碗蒸しの主。椎茸、蒲鉾、鶏肉、卵と、豪華絢爛に一堂お揃いでも、主役のギンナンが浮いていなくては茶碗蒸しではない。

大学でもイチョウはシンボルの代表格でして、師匠の母校では着ぐるみマスコットに。この高木は綺麗で、しかも美味しい、というだけじゃありませんで、銀杏（イチョウ）の樹は水気が多くて防火に最適。重要文化財に指定された神社仏閣では大変お役に立っておられる。あえて欠点を探すならば、葉っぱはふっくらとした脂肪太りが祟って道路や玉砂利に貼り付いてしまいまして。容易に剝がれない「濡れ落ち葉」の日本代表。なので、見目麗しいのに、お庭番、外回り掃除担当の寺男や神主さん見習いには超不人気。

ま、身近では、我が家のゴキブリ亭主も日本代表級の塗れ落ち葉ではありますがね。

第五場　炭火

嫁迎え　弾け赤らむ　炭火かな

炭火を囲みます。め組の頭は長火鉢、仕舞屋は丸火鉢。暖が取れ、お餅から目刺まで程良く焼ける優れもの。農家は囲炉裏端。ヤマメ串焼きの弾ける音を囲んで一家団欒じゃ。そんな地方の、とある一家の朝。日頃の信心が実り今日は嫁を迎える。老夫婦が手を翳す火鉢では炭火が常にも増してパチパチと弾けて赤く染まり、床の間のだるまさんと一緒に「おめでとう」と祝ってくれている。

この国の三分の二は森と林。山ばかりで農業には辛いものがありますが、林業には最適。家造りだけではありません。戦時中の自動車はガソリンの代わりに炭で走った。木は貴重な財産。いずれ林業が盛り返し檜造りや木炭自動車が復活する（はず）。

昭和半ばに高度成長とやらが灯油・ガス・電気を従えて登場。その煽りで炭屋さんが燃え尽き、ガス屋・電気屋、中にはレコード店に鞍替えする店まで現われた。

炭無くして火鉢なし。ほんのり温かく家族のみんなが寄って来る。年寄りは、凍えて固まった指の養生に、夫婦はたわいのないお喋りに、子猫は火鉢の横に温まって寝そべり、子供はたっぷりの灰に火箸や灰均しで蛙や三角の模様を描いて遊ぶ。壁に引っ付いたガスストーブやエアコンでは叶わない、そんな家族の温もりがあった。お餅だって火鉢で焼くと一段と美味しかった。その秘訣は何と三つあるらしい。ご存知「遠赤外線」が表面を素早くカリっと焼き上げる。炭が燃えて出来るセラミックが放射する「近赤外線」の賜物で芯までふっくら。そして決定打は目に見える赤内線?-?-燻煙効果で、炭のミネラルと旨味が香ばしくお餅に移る。お餅だけじゃありません。ウナギさんは備長炭で初めて成仏できるといわれていますわね。関東関西、背開き・腹開きの違いはありますが、炭が一番なのは同じ。そして、有難くも昨今ＢＢＱが大流行。お陰で超市（スーパー）で炭が買えるんですが高いですわね。三十俵二人扶持（年俸三百万円）では手が出ない。ならば、熾き（おき）作りじゃ。半端な太目の枝を拾い集めて燃せば料理と一緒に出来てしまう熾きこそ一石二鳥、コスパ最強。角餅丸餅、五徳の上でこんがりとキツネ色に膨らみまっせ。

火鉢さま、是非また茶の間にお戻りを。

第六場　みかん

浜名湖畔　銀波燦燦　みかん狩り

みかん産地と云えば和歌山有田、愛媛西宇和、静岡三ケ日。ブランドみかんはどこも水辺の丘で栽培されているようでして。お日様の暖かさに水面の反射光が加勢して甘みを増してくれる。ドイツの葡萄も、ライン川やマイン川河畔のなだらかな丘で栽培されているし、水面の光を浴びた果物が美味しくなるのは古今東西共通なんでしょうな。

おやつの時間。お膳に柿とみかんが隣り合って並んでいる。両方食べたいな、と思う。どちらから手に取ろうか。あたしは先ずみかん。炭酸水のようにはじける食感。しかも手で剥いて簡単に食べられる。みかんは糖度10度が普通で11度以上は甘いみかん。一度だけありつけた三ケ日14度。千疋屋さんならお幾ら?? みかんの甘さ・旨さを遥かに超えて、それでもやはり「蜜柑」と名乗る謙虚さは広告業界抜きだからこそ。

古里のお題でして少しばかり寄り道になりますが、静岡県森町原産の次郎柿。種がなく実に食べ易い。子供たちは皮ごと頬張る。次郎は取り立て・パリパリが一番と云われますが。熟しても勿論甘く、旨い。果物の中では抜群の糖度、14度。ちなみに干し柿の王様「市田柿」は糖度65度。テキーラなら火が付く度数、甘さなり。

さて、みかん。我が家では小粒で皮が薄い「屑みかん」を好んで食べるんですが、それがまた身が締まって、しかも甘い。大粒は進物用のコケ脅し、と我が家では見下している。大粒を一度も買ったことがないのには他に訳がありそうでございますが。でもみなさん。みかんは小粒が旨いのは本当ですって。三ケ日近くの庄屋・豪農の子孫が「食べ比べして」と会社に持参した小粒みかんを食べた社員一同、試してガッテン、目から鱗だった。完熟みかんは勿論、はしりの青みかん、温室みかん、小粒でもなめちゃいけない。青には酸味、温室の甘味には果物のパンチがある。日本語の「旨い」は「甘い」が語源とか。確かにそうかも。でもみかんの場合大事なのは甘さと酸味のバランス。それに、水っぽくて味が薄い、反対にいくら甘くてもパサパサじゃぁ美味しくはない。静岡みかんは他県産に比べると少し酸っぱいそうで、でも土地っ子にはこのバランスがいい。静岡の片田舎に住まいしていますと和歌山、愛媛産をほうばることは滅多にありませんが、目隠しコンテストで静岡産は一瞬で分かった。あたしにはこれが一番。

「みかんの花が咲いている　思い出の道、丘の道」敗戦直後の一九四六年八月。伊東市立西国民学校で川田正子が歌った「みかんの花咲く丘」はNHKラヂオ放送番組「空の劇場」から初めて全国に。「赤いリンゴにくちびる寄せて」の「リンゴの唄」と並んで復興を明るく支えてくれましたね。外国原産なのに、みかんと林檎は日本人に欠かせない故郷の果物、故郷の歌。

五十年前の一九七一年のこと。農産物輸入が自由化されグレープフルーツが押し寄せて来る。日本のみかんは全滅だ、とミカン農家は絶望の淵に立たされましてね。でも今でも炬燵に並ぶのは日本のみかん。洋風住宅で炬燵がない？　奥様、近頃はニトリに足長炬燵が並んでますわ。

我が家はラヂオ体操とみかんで一日が始まる。「第二が終わったずら。早う出して～な。早う、早う」。メジロさんですわ。オオデマリの枝に腰を下ろし「おはようさん。わが目白家はみかんの時間ですよってに、ひとつよろしゅう頼んますわ。チチッ」とおねだり。奥がいそいそと庭に下り、「今朝も元気ね、今日も地物よ。はい、お待たせ!!」。

大詰　仲冬　師走

第一場　顔見世

顔見世や　仁左衛門丈　まねき上げ

吉例顔見世興行。江戸歌舞伎は十一月。京都南座は師走、十二月。

令和六年は元禄忠臣蔵仙石屋敷の場。吉良邸討ち入りを幕府に届け出、裁きを待つ大石内蔵助、主税の親子の絆・愛情が涙を誘います。当世一の千両役者、片岡仁左衛門丈ならではの、艶やかでしかもピシッと引き締まる舞台で一年を締め、新しい年を寿ぐ顔見世興行がお決まり、斯界のお筋書き。「松嶋屋!!」「十五代目!!」札止めの南座に京風大向こうが飛び交います。

そんな京の年の瀬。四条通の賑わいを演出するのは、新しい年の千客万来を祈願する南座の「まねき」。幅一尺・長さ一間の板に勘亭流丸文字で隙間なく書かれた役者名。皆さんご存知の大相撲番付。三役力士にはカタカナが並んでますわね。それに幕下力士なんぞ小さ過ぎ贔屓を見つけるには天眼鏡を欠かせない。ほやけど南座はちゃいます。看板役者から馬の脚まで皆同じ大きさ。一人一枚の全員分。数十枚が颯爽と「まねき上げ」られ剛毅に南座正面を飾り尽くしますわ。

弊店も真似しぃ「まねき上げ」で千客万来と行こか!!（

（はて、貴店ではどなたはんが顔見世しはるん?!）

第二場　畳替え

悲喜交々　銀婚迎え　表替え

畳と女房は新しいに限る。ちゃいまっせ。うちの畳は二十歳になりましてん。せやけど襖を開ければ八畳間はイグサの香り、布団に潜れば瞬く間に?? 一姫の夢を（多分）見れまっせ。一人寝ですんで突っつかれもせず気兼ねなく、といった日本の平和な寝間ですわ。

時代劇や大河ドラマを観ますとね、戦国時代はお城やお館も板敷でして、畳は偉い人専用の座布団代わりだった。畳が広まったのは江戸中期。牢名主は二十枚ほど積み上げ踏ん反り返っていた。農家は明治になってようやく畳の生活が許されたとか。近頃のマンションですとＬＤＫの脇に厚さ1．5㎝程のタタミルームがあるにはあるんですが、莚（むしろ）や茣座（ござ）に近い代物でして落ち着けませんわ。それに今日日、畳が一枚もない新築戸建て住宅が急増中。本畳は湿気を

「ハイ吸って～ハイ吐いて～」くれるんで、日本の夏、湿った梅雨時の気候にピッタリ。それに見る目も温かい。防音もピカ一で高級マンションでも階下からどやされる心配がない。椅子じゃ出来ない胡坐をかけるんで膝に優しい。気が休まる香り、等々いいこと尽くめ。

しかも畳表を替えるだけで新築気分に浸れるコスパの良さ。なので表替えで大満足。市井の句会では今や畳替えは季語から死語になり表替えが季語に登場。「ねえ奥様、ホンのへそくりで亭主・宿六を替えた気になれますわ。表替えしませんこと?!」と、「亭主＝畳表」感覚の女房殿までもおられる今日この頃。お宅はどんな人間模様で?.?

第三場　飾り売り

童歌　師走はテノール　飾売

「飾らない人」とは、結婚しているのに結婚指輪をしていない御仁?　飾りたくても手元不如意の方かしん?　恐らく「能ある鷹は爪を隠す」そんなお方を指すんでしょうが。容姿端麗になりたい、飾りたい、のが人情ってもんでして「はて、そんな奇特な方なんてこの世におられないんじゃない??」とは長～い人生経験者曰く。あたし??　「覚られずに飾れたらなあ」と、柄にもなく品良く振舞おうとするんですが、そこは「蒲鉾屋の丁稚見習い」。板に付きませんで、いつも笑いを取っております。

師走。普段は藁を綯っている農家の女衆は注連縄（しめなわ）づくりに手足の指二十本を総動員。それがまた匠の技の出来栄えでしてね、師走も下旬に差し掛かるとスーパーカブならぬ人力リヤカーに山と積んで、子供達がいつにも増して甲高い声で「お飾り如何ですか～」。下町を売り歩く姿をあちこちで見かけたもんです。「寒いに大変やねえ」とおばあちゃんたちが集まり、玄関飾りなど一式買うてくれる。子供達の年に一度（？）の親孝行。それに、ちょっとしたボーナス代わりのお駄賃を弾んでもらえるし、十六大付録付き少年画報新年号を買えるのが楽しみな歳末でしたねえ。

そんな、新年を寿ぐお飾り。年神様をお迎えする玄関先のしめ飾りを筆頭に鏡餅から台所、厠、自動車・自転車にも吊るして神妙に無病息災・子孫繁栄を頼みます。とりわけ、主役の玄関しめ飾りは西日本ではごぼう注連に前垂れ付き、東日本では玉飾り。姿・形は違えども、新年ハレの日を祝い八百万の神を敬う心持ちは皆同じ。

とは言え、なにかと物入りな師走。下々には財布の紐をさほど緩めず祝える正月飾りは有難い。片や、金の延べ棒が床の間に積まれる大富豪宅でさえ、お飾りばかりはいつもの貴井（たかい）宝石店や三越外商部に電話しても届けて貰えない。で、女中さんが町にお出ましに。しめ飾りは二間もあるごぼう注連。加えてお飾り界最高峰の門松を二軒分、庭師に特注で届けさせる。一対は旦那の本宅。一対は知人女性宅に立てるそうな。昔話はそういう筋立てになっておりましたが。

寿ぎの象徴、門松。静岡県庁本館正面に立てられた一対の大門松を背に鳶衆が木遣りを唄い、梯子乗りを披露する。勇壮華麗な伝統に感慨一入になれるのは老いも若きも同じ。日本のお正月。

類美豚　並木通りに　集う宵

ダイヤの首輪に鞄はビトン。自分を崇めて欲しいが為のお飾り。「私は神」と勘違いしている人、都心で跋扈してますわね。ああいったものは大きいほど自慢出来るそうでして、財布よりバッグ。トランクは最高。並木通りで「あ〜〜やんなっちゃった。驚いた・・」と歌いたくなるほど、似合わないことこの上ない。あたしは西洋の装身具が似合うはずのドイツに二年間居ったんですが、ルイビのバックを提げている人を見かけたのはたった二回。お一人は令室風。もう一人は、この国ではネクタイを締めているだけで直ぐにそれと分かる不動産屋か銀行員。。ドイツの皮製品は丈夫で長持ち。世界に冠たる品質ですんで、フランスのブランド品を提げている魂胆はご婦人方は深窓の令室気取り。男衆はステイタスのつもり。成金に見られて逆効果なんですがねえ。皆さまはお持ちでない、と。流石ですわ。それに、一歩下がる謙譲の心が「勿体ない精神」と並んで日本人の美徳の真髄ですものね。絣の着物にさり気なく七宝の簪。

第四場　冬至

積もる葉を　照らす陽麗ら　柚子湯かな

映画「史上最大の作戦」の原題は「The Longest Day」。岡本喜八監督は「日本の一番長い日」。夏至のこと？　じゃありません。逆に、「日本の一番短い日」は映画化されず。上映期間が一番短くなりそうでして。冬至にはそんな名画を思い出しますが、さて、冬至。四文字熟語に置き換えますって〜と「一陽来復」。なるほど文字通り冬至の今日から日が長くなる目出度い日。今宵は夜長。庵主殿、柚子湯に浸かりながら晩秋から降り積もった落ち葉が茶に染めた庭をうっとりと眺めている。日本の情緒にたっぷり浸かる気持ちの良さったらないですねえ。ところで、夏至も冬至も世界中、年に一度は必ず巡って来る訳でして、欧州の昔々、太陽を神と崇めたケルト人にとって冬至は太陽の復活。薬草・毒草構わず茹で上げ飲み干しどんちゃん騒ぎで祝った祭が、キリスト教に乗っ取られクリスマスが始まった。そんな裏話はともかく、犬が西向きゃ尾は東。南に陽が向きゃ北冬至。ニュージーランドじゃ夏至。ゆず湯じゃなくて海水浴。不思議ですよねえ。でも我らが地球は太陽に向かって23．4度お辞儀している。そんな悪戯の成せる技で、特に日本は四季に恵まれる。大昔はもっとぐるぐる回っていたそうですから五十年後はコロッと変わり、今でこそ年中夏のインドネシアでも冬至には柚子湯に浸かりカボチャを食べる習わしになるやもしれん。ゆず湯の習わしは血行促進、美肌、風邪予防。「冬至の七草」の南瓜は労を労うビタミンAの宝庫。この日「ん」が二つ入った食べ物を口にすると運が開けるそうで、人参、蓮根、天丼（?）がよろしい。加えて、冬至粥には邪気払いの赤い小豆を入れる。古民家を名乗る酵母家では冬至前後ひと月、朝日が（北政所ならぬ）北の御台所に低く斜に差し込む醍醐味を味わいながら春に向かうんですわ。風情ありまっしゃろ!?

第五場　鮟鱇鍋

椀方を見下し　笑窪　黄鮟鱇

「西のフグ　東のアンコウ」と並び称されるオカチメンコの両横綱。九州場所から初場所にかけて旬。本日の結びの一番、東方はアンコウ目アンコウ科キアンコウのメス。必ず雌。オスは小さ過ぎ新弟子検査に通らない。立派な雌は今や目の前の土俵ならぬ板場の天井から大袈裟にぶら下がり、次板や椀方を上目遣いに見下している。「ちょいと板さん、吾を下ろせるんかいな?」と言いたそう。昨日まで水深５００ｍの砂泥底に這いつくばり、ハシビロコウに倣って動かず、じっと餌を待っていたところ、図体がデカいのが仇になり不幸にも底引き網に掛かってしまった。

その鮟鱇、水揚げ一番はフグの港下関なんですがね、鮟鱇が郷土料理の横綱格なのは茨城県平潟・久慈漁港に水戸ですわ。四十年前のある日のこと。季節外れの大雪に見舞われ偕楽園の紅梅まで一面雪化粧したその日に水戸出張が入りまして。電車が漸く水戸に到着した夕刻には「今日は早仕舞い」の看板が。そこをなんとか、と頼み込みありつけた鮟鱇鍋。凍える寒さを骨の髄まで温めてくれたほろ苦く甘い鮟鱇さん。野菜から滲み出る水気だけで鮟鱇を炒るように煮る漁師料理「どぶ汁」もいつか食してみたい。ところで、水戸と云えば先の副将軍水戸光圀公。鮟鱇鍋発足の元禄時代、江戸藩邸に詰めておられ一汁三菜が健康法。ですが、諸国漫遊の折に気勢を上げるには、お銀他ご一行と鮟鱇鍋を囲んだ（はず）。それに河豚と違い鮟肝は安全安心。四人前平らげられたとか。夏は山掛け納豆。千両箱を抱え粘りに粘る悪徳代官を懲らしめに「御発〜ち〜い」。

第六場　てっさ

肝・卵巣　乞われ　膨れり　ふく板長

日本舞踊名手にして名優。八代目坂東三津五郎丈が亡くなった昭和五十年一月。南座での公演で京都滞在中にご贔屓さんと料亭に出掛け祇園の芸妓衆の分まで四人前肝を召し上がってしまった。「坂東三津五郎の食い放題」という著書がある程の食通。更には歌舞伎界を超えて盲導犬協会などの社会活動や新しい演劇創造に取り組んだ情熱家でもありましたが、享年六十八歳、食道楽の極みの大往生でございました。

極楽に　仕出ししますえ　テッサも肝も

食べられるフグは数々あれど「河豚と言えばトラフグ」と返るのが常。寂しきかな食通・食道楽とはトンと縁がないあたしでも、一度だけ博多の魚屋さんでトラフグにお目にかかりました。飾り皿の景色を引き立てる透明な切り身が左廻りに（予算によりますがね）三周ほど中心を目指している。その天辺にはカリっとした河豚皮の小山。小葱が脇を固め緑のアクセントを添えている。箸を付けるのを躊躇う程華やいだ菊盛、牡丹盛にも眼を奪われますが、「亀盛？」ならぬ「鶴盛」は一段と日本情緒を感じさせる美形。しばし盛り付けに魅入り愈々お箸の出番。遠慮せずにど真ん中から二枚ずつ取っておくんなさいな。外から円を描きながら盛り付けられていますんで、真ん中から摘まめば皿の風景を壊さず美しく剥がしやすい道理。小葱をフグで挟み小皿のポン酢で食すのが、食べ易くフグの繊細な旨味が引き立つ（んだそうですわ）。

ところで近頃話題は近大マグロ。岡山県のプールで水揚げされる。つい先月、シラスウナギの完全養殖にも成功して飛ぶ鳥を落とす勢いの近畿大学。トラフグさんはと言いますと、長崎県が全国一の養殖トラフグ産地。今や海だけでなくこちらも陸上養殖が出来るようになりまして。天然物は味が別格と言いますが、気が付くのは余程の接待漬けの上級国民だけ。それに陸上養殖トラフグには毒がないという研究もあり、三津五郎さんには芸妓さんの分まで四人前、肝を冷やさず存分に味わっていただきたい。「河豚は食いたし命は惜しし」は今や昔の諺になる日も近い。

「やはり天然ものよねえ」などと気取っている御仁にでも意外にご存知ないのはトラフグ産地。実は、天然物の六割が静岡県沖の遠州灘で獲れ福田漁港や舞阪漁港に水揚げされて、下関に出荷される。県民の中には時にフグにありつける幸せ者もいるんですが、勿論静岡でもフグは珍味中の珍味、高級魚。それでも、市内の繁華街を少し外れた辺りに、山口県伝統工芸フグ提灯を天井一面にぶら下げた庶民的河豚料理屋さんがありましてね。あたしでさえ一度、友人に連れられテッチリにありつけたんですが、どの席も皆鍋を囲んでいる。気取らない客人たちの良い店だった。

昔々、安土桃山時代。武将達が弓矢ではなくフグに当たりばたばた倒れた。豊臣秀吉は流石だねえ。刀狩りだけじゃない。河豚食禁止令を出した。ですんで大っぴらには食せない。そこでひと捻り。河豚刺しをテッサと呼ぶ習わしになった。そんな歴史を思い起こしながら十年に一度くらいは味わいたいもんですねえ。気掛かりなのは、くじ引きには滅法弱くこの歳になるまで牛肉300gが一度当たっただけ。「奴さん、くじには弱いがフグにはたった一度で当たった」と弔辞を読まれないように、あたしはこの冬も分相応に鶏雑炊で。

第七場　御用納め

御用納め　破れ障子が　お待ちかね

「御用だ、御用だ、神妙に縛に付け」時代劇「大岡越前」では同心の決まり文句。遠山の金さんならば「これにて一件落着」。ドラマでは毎晩殺人事件が起きたはずの江戸時代も現代も、一件落着していてもいなくても、暮れの御用納めで宮中・幕府・官公庁はその年の仕事を終える。勿論、世の泰平に一番大事な十手持ちやお巡りさんは暮れ正月も勤務態勢に変わりなしでして、安全安心な日本ではありますが。

ひと昔前までは役所勤めに夏休みはなく一週間纏まった休みは正月だけ。恒例十二月二十八日の御用納めには部長の労いの言葉を「今年はあのスピーチ本のパクリだな」などと笑いを堪えながら神妙に聴き、市民、県民のお役に立てた、大過なく過ごせた晴れ晴れした表情でお昼にはお開き。独り身の先輩たちは連れだって飲みに、2馬力組は宅で大掃除が待っている。将来ある若手の独身者は（あたしのことですが、、、）いつも居残り組に選ばれまして。

時代が変わり、マスコミの役所叩きが大衆的人気を博すようになりましてね。パパラッチの鵜の目鷹の目を気にするあまり、福利厚生のはずの野球大会や秋の旅行、忘年会などは軒並み廃止。上司が部下を引き連れて、という古き良き伝統まで追い払われ、殺伐とした職場にはパワハラがのさばり出し心の病が蔓延。そんな、杓子定規のご時世。遂には「御用納めの日は半ドン？ とんでもない!!」と、世論とやらが席巻し、一同フル勤務に。家路につく頃にはもう街頭が灯る。普段の金曜日とどこが違うん？

「御用納め」、役所の歳末風景でございましたが、民間企業ですとそうは行かない。銀行は30日、お店ですと大晦日まで書き入れ時の歳末商戦。日が暮れる時分にやれやれ「仕事納め」。力強いお父さんを待ちわびて、それでも何とか大晦日中に、除夜の鐘が鳴り出す前に神棚の煤を払い大掃除を済まそう、障子紙をピシッと真っ白に貼り上げようと、家族総出で埃と糊まみれで奮闘する。そんな皆さんあってこそ、29日からお休みの面々はゆっくりしっかり大掃除から正月飾り、お節料理まで整えられるというもの。

28日仕舞い組がぶつぶつ小言を言うなんぞ笑止千万、もっての外。ですよねえ。

（あたしが悪うございました。　酵母　談）

第八場　年忘れ・忘年会

往く年に　歳をお返し　忘年会

昨夜忘れたばかりなのに、今夜もまた年忘れ。会の名前は違えども顔ぶれは変わらず、男ばかり。昭和の時代はそんなでした。今はどうです？　会社から役所まで職場の忘年会は影を潜め、料理屋さんは青色吐息。そんな世の風潮の中でも東北のある県の殿様知事さんはオール県庁に号令をかけ、マスコミに気兼ねせず接待、忘年会はどんどんやれ。愛媛のじゃこ天は貧乏くさいからしょっつる鍋を出す高級料亭に繰り出せと。でもそんな剛毅な知事さんは他では見掛けず、あたしのおった県では忘年会禁止令が出たほど。積み立てたお金で年に一度（？）の忘年会でっしゃろ?!　「文春でも読売でもドンと来い!!」と胸を張っていればいいものを。腹が座った人物は今や片隅に追い遣られ発言権なし。職場の人間関係から解放されるなどと歓迎する向きが今や多くなってしまった。歯車が回るには潤滑油が不可欠なんですがねえ。

ところで、職場はさておき我が家忘年会を盛大に行うお宅ってありますんでしょうか。拙宅では影の薄い庵主が毎晩ちびちび飲ってまして、盆暮れ正月から忘年会に至るまで特筆すべき会（飲み会）はありませんで、それなりに平穏に年が明け、何事もなく一年を閉じる。とは言っても、この歳になってもまだ明日への夢（どんな?）がある身としては「往く年に歳を返上したい」の が秘められた本音。除夜の鐘に煩悩を払っていただき来年こそ正夢を見たいものです。（努力もさせていただきます）。

第九場　年越しそば

晦日蕎麦　健康長寿　手繰り寄せ

六世紀創業の世界最古の企業、金剛組には後れを取りますが、静岡河内庵は享保元年創業の十七代目。蕎麦屋さんでは国内でも指折りの老舗中の老舗。

江戸時代、商家では「家業が永く続きますように」と毎月晦日に蕎麦を啜っていたとか。そんな月越しそばの慣習は消えても晦日蕎麦という言葉は健在で、年越しそばは晦日蕎麦の親分。

そして今日は、もうひとつ寝るとお正月の大晦日。お煮しめ、黒豆は品良く炊けたし、お節料理は三段重に彩り良く盛り付けたし。後はお蕎麦を噛み切って今年の難儀や災厄と縁を切るだけ。大鍋に湯を沸かし、庭からネギを調達する。麺は信州の更科系乾麺に手製蕎麦つゆ。「一日一麺」、連日もり蕎麦の我が家でも年越し蕎麦は格別で海老を奢り長寿を祈りましてね。そうは言っても、大晦日は何かと慌ただしく、年越し蕎麦を茹でるのはその名の通り除夜の鐘が撞かれる時刻になってしまうんですが、お宅は如何？　忙しくても大晦日の内ですわねえ。それに自家製が一番。出前はもう懲り懲りですわ。ざるに盛られ届けられた蕎麦はまるで真っ黒な亀。だって蕎麦が団結しているもの。啜れない、噛み切れない。しかも「往く年」は過ぎ、「来た年」にやっと届きまして。これじゃあ災厄と縁は切れず、長生きも出来っこなしでございましょ？

ところが、日本は広い。雪深い元日の会津、旅籠で「年越し蕎麦です」とお膳が運ばれて来ましてね、正月蕎麦。思わず日捲りを見上げました。表紙は真っ新なまま。大晦日は家で、新年は旅先で、とダブル年越し蕎麦を頂き、嫁取り・健康長寿のダブル御利益に恵まれた年。「もひとつ足して（何を?）トリプルハッピーに」などと欲張りは申しません。満足満足。

第十場　除夜の鐘

潮騒の　旋律遥か　除夜の鐘

駿河三十三観音霊場第一番札所。東に駿河湾、北に富士山を望む藤枝は音羽山清水寺。大黒天霊場としても知られる名刹でありますが、ユーモアに長けておりまして、輪になって踊る藤枝七福神の元締めにして、名物縁起物はなんとも愛嬌のある「厄除笹だるま」。だるまさんが笹にぶら下がっている。だるまさんが厄を睨み、笹で厄を払う。👀は吊り上げないとね。

そして今夜、除夜の子の刻（23〜1時）。駿河湾を望む山の中腹にいつもはひっそり佇んでいる清水さんで僧侶・善男善女が煩悩を払う梵鐘、除夜の鐘を撞き始めました。グオーン、グオーン、檀家の屋根が連なる下町の遥か上空を越えて拙庵に達し、背後の山からこだまが後を追う。韓国では「六欲天第二の天即ち忉利天（とうりてん）」三十三天と申しまして、平たく云えば、煩悩が少ないらしく33回撞けばよろしい。日本人には百八つの煩悩あり。煩悩さんの数については後で講釈させていただくとして、酵母としましては一つ一つ消していただけるように殊勝にも耳を傾ける気合で臨んだんでございますが、ついついうたた寝。煩悩がいくつか持ち越しになるのは必定。そこに突如、ドカーン、パチパチ。藤枝梅安所縁の地、実は名立たる花火師の町。お祭り、遠足、運動会、何かにつけ花火が上がる。大晦日は零時きっかりに花火打ち上げ。そして最後の百八つ目の鐘がグオーンと撞かれ、厄・煩悩にサヨナラし新年を迎えられるんですがね。やっと目が覚めたうたた寝組は幾つ聞きそびれたか、どの煩悩が残っているんか？と落ち着かず。「途中失礼しましてんが、初詣お賽銭弾ましてもらうさかい許して～な」と魚心付きの忖度を願い出て善男の皆様と並んで新年を迎える。

除夜の鐘。中国は宋の時代に禅寺で行われていた鬼払いが鎌倉時代日本に伝わりまして、室町時代に仏教行事に、江戸時代には全国のお寺で撞かれるようになった。百八つ。煩悩は何故百八つか、謎解きの出囃子が鳴り出しまして。登ったことのないあたしが言うのもなんですが、富士登山で六根清浄と唱えますよね。そうです。「眼耳鼻舌身意」で全六根。この六根それぞれに好・悪・平があり浄・染がある。更にまたそれぞれに前世・今世・来世がある。浪花っ子が掛け算しますって～と、6円×3円×2円×3円は108円な～り。「そりゃよろしいわ、儲かりまっせ」ねずみ講と勘違いするるんはナニワ金融道で煩悩の最たるもん。銭金の話じゃなく百八つの煩悩。でも、良きことも悪しきことも、辛いことも嬉しいことも、皆煩悩のように思えて来ますねん。百八つの煩悩はんがあっちへ行ってしもうたら、わいに何が残ってるんやろ。煩悩あってこそ人と云うもんだと思えんこともない。それに、夢心地に誘う除夜の鐘のリズムと悠久の余韻。ついウトウトしてしまうんも無理おまへん。「うたた寝中に撞かれた鐘の分だけでも幾つか残して〜な」とは罰当たり、ご無体な。でも不思議やわ。年明けを告げる百八つ目の鐘が、こないな雑念も消してくれそうな気がしますねん。凡人とは申せ誠に邪気なき善男善女組の一人。去年もいい年にしてもろうたやおまへんか。安心しい。新しい年も息災で、他人様に迷惑かけへんかったらそれで満点や。鐘やんはちゃーんと見てますよって、阿弥陀はんに及第点の通信簿渡してくれますがな。

神様仏様、家族、友人・知人・お得意様、愛読者のみなさん、

有難うさん。

今年も宜しゅう頼んます。

釣り人謹製　てっさ

受け囃子（おくり）

お後の用意もよろしいようで

「なに、この毒書（＾ε＾）・・あたしらの教え方が悪いなんて、言い掛かりも程々になさいよ!!」と、お堅い教授連に煙たがれたドイツ語参考書「ドンと来い分離動詞」シリーズ。ホントのことを明るく書いただけなのに。ユーモアを介さないNowhere manにはなりたくないわねえ。てな、笑えない裏話もございまして、ペンネームを麦芽亭酵母と改め、塗り絵とのコラボで戦後世相の移ろいを描いた前作「里に帰らせていただきます」。今回のお題は故郷の四季。季語を川柳もどきに噺の枕に、小噺でご機嫌を窺おうと。しかし、どんな噺になるか、オチがどうなるか筆に訊いてくれろ、と内田康夫先生気取り。ある時は人情噺、またある時は落とし噺に。物書き冥利に尽きると申しましょうか、そんな四季折々になりまして。

暗い世相になりましたねえ。でも兎も角八十年もの間戦争のない国。伝統文化の数々、俳句・川柳や落語が愛される国。温泉に浸かり季節を愛でれば湯の花のように浮かんで来る川柳。お湯とユーモアを掛け合うひと時を分かち合えると嬉しいわねえ。是非。

著者紹介　麦芽亭酵母（渡水久雄）
駿河台ドイツ語工房　主宰　しぞ〜か防災かるた委員会所属
単著　ドンと来い分離動詞
ドンと来い分離動詞（会話術虎の巻）
地理学独日英 CD-ROM 用語集
自然復元ビオトープ独和・和独小辞典
小噺、季語に集う（Kindle 版）
（上記各著書　発行者　駿河台ドイツ語工房）
共著　道と小川のビオトープづくり（集文社）〜共訳
静岡県の湧き水 100（静岡新聞社）
しぞ〜か防災かるた　静岡市版・県版（同委員会）
塗り絵・小噺　里に帰らせていただきます（駿河台ドイツ語工房）

• • • • • • • • • • • • • • • •

紙版 **小噺、季語に集う**
～出囃子は序の舞
（麦芽亭小噺〜第二弾）2025 年 4 月 18 日（大安）　初版発行

著者　麦芽亭酵母 こと わたみずひさお
写真　渡水久雄
発行者　駿河台ドイツ語工房（SDK）代表者　渡水久雄
〒426−0077　静岡県藤枝市駿河台２丁目 13−1
☎・📠（054）641-5910　E-Mail watamizu@web.de

ISBN 978-4-9902734-7-7　C 0095

印刷・製本　（有）ニシダ印刷製本　落丁本・乱丁本はお取替えいたします。
Published in Japan

価格はカバーに記載
表紙：藤枝飽波神社大祭　裏表紙：黒石ねぷた祭り

長崎くんち